U0025945

「我第一次看到天使的客人喵～」
「嗚嗚，我對不起天界的大家……我降臨到下界不久，就踏進了夢魔店……」
喵喵天國

「嘻嘻嘻，讓我來好好地疼愛一下吧。」
「我們……是不是在哪裡見過？」
?????

「喔喔，這也是毒性的效果嗎！
厲害，太神啦，腦子都硬啦！」
——毒性任君挑選！
十階段指定系統！
——石化的邪視就用
魔力眼鏡來中和！
蛇怪妹俱樂部

禁忌與喪失的NTR專門店——
※雖然女伴被上了，
事實上並非真有這一回事。
※基本方案並不包括
客人的性交。
「我的女僕……
明明立下誓言了……
明明……說好將來要在一起，
那個……可惡的輕浮男……
該死的輕浮男……
唔唔唔唔唔唔唔唔唔！」
門扉的縫隙

# 異種族風俗娘評鑑指南

## 心醉神迷的每一天

作者
葉原鐵

原作
天原

角色原案
masha

插畫
W18

Kadokawa Fantastic Novels

# CONTENTS

序幕

# 精靈的客棧

胯下是人生的指南針。

男人無論何時都是為了胯下（浪漫）而活。

史坦克抬頭挺胸地說，酒場的男性客人默默地點頭。

有翼人女侍對他翻了個白眼。

她那冷淡的視線簡直像是叫他「去死」。

在劍與魔法橫行的這個世界，女人的目光是最危險的一種凶器。因此覺得不好意思而萎靡的男人也不少。

然而男子漢史坦克，對於令人背脊發涼的視線具有抗性。

「順帶一提，說到至今這個指南針指著妳多少次啊……」

「去死！」

這麼開黃腔之後，空酒杯就砸到了他臉上。

就算會有這種下場，史坦克依舊沒有得到教訓。由於感受到有點危險的殺意，所以他從店裡逃了出來，直接走向紅燈區。

仰賴胯下的指南針駛向的大海——又名夢魔街。

繁華大街充斥著各式各樣的異種族。

尖耳朵的精靈和渾身毛絨絨的獸人，連有翼人和魔族都任君挑選——不過，往來的九成行人都有個共通的特徵。

他們都是胯下懸掛著指南針的男人。

「說起來，這是男人的冒險。」

史坦克叼著香菸自言自語。

——這就是我的生存之道。

他認真地如此認為。

冒險並不是只有挑戰險峻的山岳地帶或黑暗深邃的迷宮。被光魔法的街燈照亮的不夜城也有嚴苛的試煉。

眾多名為誘惑的試煉。

大街上店家的招牌，標語和商號以煽情的字體寫道：

「耳朵與尾巴的毛絨絨時光——獸人情慾樂園」

「與小精靈肆意放縱！——小仙女」

「小熟肉，飽滿濃豔——矮人妻」

「人類，活潑緊緻，四十歲女郎——人美」

「制服師生的性愛指導——美少女魔法學院伊格華茲」

「溫暖我……——雪女專門店遠野物語」

不用多說，就是那個啦。

講清楚一點，就是色色的店。

只要世上有男人和女人，就絕不會消失的行業。

當然史坦克走在夢魔街上也是以這種店為目的。人生的目的有九成八也是為了色色的店。

「嗨，這位勇者大哥，要來樂一下嗎？」

肥胖的半獸人族男子搓著手招呼史坦克。

有些新手會回應這種傢伙：「喔，那就請多關照啦。」不過這可是老套的陷阱。聽了皮條客的話不假思索地走進店裡結果見識到地獄，在夢魔街是常有的事。

（像我倒是習慣地獄了。）

史坦克嘿嘿一笑隨便應付。

「我這張臉哪裡像勇者啦？」

「咦咦～可是感覺像勇者啊～有一股隱藏在冷酷背後的熱情啊。」

話都是人在說的呢。史坦克撫摸下巴再度確認自己的德性。

沒長齊的邋遢鬍子，沒有男子氣概的嘴巴加上下垂的眼睛，穿舊而有點破爛的旅行裝束，乍看之下簡直像打扮邋遢的無賴。就算再怎麼偏袒，也實在沒有半分勇者的威嚴。

「不好意思，我有預約別間店了，告辭啦。」

「偷偷跟你說，我們有不錯的女孩喔……大到有點不可思議的女孩！」

「哦？」

史坦克上鉤了。

因為聽到「大到有點不可思議」這句話。

男人的指南針永遠抗拒不了大的東西。

（不過……等等。）

千鈞一髮之際，他看著皮條客半獸人的豬頭打消念頭。

「很大是指什麼？」

「當然是肚子啊。手臂和小腿也像快撐破般的水桶腰女孩！」

「……半獸人專門店？」

「是的！全都是體重破百的水桶腰女孩！」

「再見。」

「等等，臉頰也胖嘟嘟！鼻子也超塌的！回來啊，勇者大人！」

差點就跳進地獄的油鍋裡。

說到半獸人，不分男女都是塌鼻的肥胖體型正是他們的招牌特色。雖然有時被揶揄成用兩隻腳走路的豬，但在多種族熔爐的異種混街也是有其需求吧。

（也不是說肥仔就不行……）

史坦克有即使是胖女孩，真的沒辦法也會接受的心理準備。就算是邋遢的無賴，他起碼也懂得「享樂」的禮儀。

可是，現在指南針所指示的，並非重量級的窘境。

「這陣子都玩特殊口味的啊……」

前幾天踏入的亞馬遜專門店都是肌肉大猩猩，實在是有點吃不消。

在那之前是鯊魚人專門店，粗糙的皮膚很不舒服。

在更之前是巨人專門店，完全搞不清楚到底有沒有插進去。

仔細一想，最近指南針根本沒有派上用場。

「喔。」

在史坦克看到某個招牌的瞬間，指南針彈了起來。

「精靈的客棧」。

店的入口在深處，眼前生長著櫟樹。有森林種風味的店鋪構造令人頗有好感。不新奇的精靈專門店品質掛保證。

指南針也有強烈的反應。

史坦克踏入了「精靈的客棧」。

男人總是追求著夢魔。

那是物種的本能，也是法律上承認的必然權利。

取悅男人，並且獲得精液與費用的服務業也是合法的。

自古以來，繳交龐大稅收的夢魔街就是各國的寶貴財源。

「當然！從事這份工作的夢魔女郎全都是夢魔的混血！」

……這種說法只是大人骯髒的主張。

實際上，往前回溯十個世代的祖先，沒有混到夢魔血脈才稀奇。無論過去與現在，男人都最愛在性方面積極的異性。

史坦克也不例外。

為了沉溺於女體，泡在夢魔街的一匹餓狼——當然這只是個比喻，他的種族並非獸人，而是人類。

就這樣，

史坦克的胸膛被乳房擠壓。

沾有黏液的白皙雙球在胸膛上滑動。

晃動彈跳。

延展擠壓。

從浴池冒起的熱氣使得浴室變成白茫茫一片。史坦克以仰躺的姿勢陶醉地看著乳房跳動。

「這位客人，感覺如何呢？爽快嗎？」

草綠色頭髮輕快地搖擺，端正的相貌露出微笑。

有點吊眼梢的容貌加上纖細的腰身十分煽情。宛如菖蒲葉的尖耳朵令人不禁感慨「啊啊，這就是精靈」。

「喔，好爽……而且愛爾瑪也很可愛，太棒了！」

「哎呀，謝謝你的讚美。不過我在村子裡很普通喔。」

「不不，精靈的普通等級已經是人類的美女了。」

精靈——住在森林裡的妖精種。擅長使弓，蘊藏著強大魔力的種族。

她們的專門店品質掛保證的理由，就在於外貌。

看起來很年輕。

雖然壽命是人類的十倍以上，不過上了年紀看起來也只有二十幾歲。

再加上以種族水準來看全都是美女。

完全沒有肥胖體型。大多身材苗條，手腳細長。

如果排除美醜老少，與人類在肉體上的差異大概只有尖耳朵。這也是品質掛保證的理由。不會有脖子以下是蛇的狀況，或是接觸後會中毒的陷阱。

（臉蛋和身材幾近完美……這麼一來，選擇基準只有一個。）

史坦克選擇愛爾瑪的理由是——胸圍。

她的奶子非常大。

男人不管到了幾歲都喜歡奶子。對奶子充滿了愛。

用以史萊姆為原料的洗淨黏液洗掉身體汙垢的固有玩法也很適合奶子。

「人類才是，大家都年輕可愛，我很喜歡喲。」

「是嗎？我的肌膚快要失去潤澤了呢。」

「可是魔力很清新，呵呵，令人興奮呢。」

精靈愛爾瑪圓滑地回答，用力地擠壓胸部。壓迫變強後乳房劇烈地擠壓。宛如史萊姆般不再保留原形。好柔軟啊～好色啊～滿腦子都是粉紅泡泡，指南針也隨之搏動。

她略微睜開眼睛，立刻露出微笑伸手以流暢的動作觸碰指南針，也可以稱為男劍。

「喔！」

緊繃的刀身竄過甜蜜的刺激，腰部自然地顫抖。

白皙的指頭到處遊走將黏液抹開，男人的寶劍從短劍變成長劍，再進化成巨劍。

「喔，喔喔……！精靈連手指都很美，唔，太讚啦……！」

「哇啊，客人的這根好大喔……雖然是不太可愛的尺寸，不過反應很可愛，還是很迷人。」

「嘿嘿，我對我兒子可是很自豪的。」

人類的那話兒以種族平均來說比精靈還要大，而史坦克的尤其是一把巨劍。雖說尺寸不代表一切，還是能讓男人感到驕傲。

但是不同種族比較時，就別去想半獸人或食人魔的尺寸了。他們是特別的。輸給他們也沒辦法，踏馬的。

「機會難得，幫我夾一下吧？」

「好喔～人類男性都很喜歡這樣呢。」

愛爾瑪以熟悉的動作挪一下身子，將胸部移近出鞘的肉刀。她用手掌撫摸自己的乳房，將黏液集中在乳溝，

啪啾——夾雜著水聲夾住巨劍。

「喔喔……」

史坦克從鼻子發出喜悅的聲音。屹立巨劍的神經因摩擦而十分敏感。禁受不住地享受軟肉的壓迫和甜美的刺激。

直截了當地說，就是爽啊。

「好軟嫩啊……！喔，胸部果然是最棒的……！」

史坦克因為快感渾身顫抖，不由自主地感嘆。

不光只是柔軟，帶有黏液的光滑肌膚令人著迷。和男劍略帶溫熱地親密融合的觸感也很舒服。

「呵呵……客人的這根好大喔，前端都突出來了。」

赤黑色劍尖從嫩肉的縫隙中露出。若是半獸人或食人魔，別說是尖頭了，有一半都會突出來，那就無法充分感受快樂了。

「那～我要開始動嘍。」

愛爾瑪話一說完就動了起來。

起初是從左右壓迫。軟綿綿地擠壓。雙乳因為擠壓而面積擴大，將露出的劍尖吞沒。

「喔啊……！」

史坦克身體顫動，十分佩服她的技巧。

對啦，就是這個。

擎天脹熱雄風被整個包覆的喜悅。變硬的海綿體被女性身體最柔軟的部位徹底愛撫——爽到不行。

「呵呵，瞧你一臉舒服的樣子……」

接著是上下移動。

就像要把髒汙擦掉般，咕啾咕啾，啪啾啪啾。

「喔……喔，厲害，喔～好爽～」

摩擦後就會覺得舒服。根據極樂原則，男人的劍發熱了。

不過並未就此結束。

乳房的柔軟性蘊藏著無限的可能性。

「來～這一招如何～？」

交互搓揉，變成微微的刺激。史坦克的呼吸變亂了。

「要洗乾淨喲，呵呵，呵呵。」

只有一邊乳房集中活動，摩擦感變得強烈，肉棒感到一陣酥麻。

「嘿！嘿！嘿！」

她用手腕按住乳房根部左右搖晃，暴力的振動傳到劍的中心。

除此之外，各種變化豐富的肉感奉仕一波接著一波。

極限時刻隨即來臨。快要高潮了。

「唔，要射了……！」

沒有忍住。總之快活地射了。

下腹部充滿鬱憤的灼熱感，猛烈爆發。

咻嚕，咻，咻嗚～！

「呀～！」

射出的瞬間，愛爾瑪像演戲般驚聲尖叫。

同時手上仍盡忠職守。劍尖被乳房緊緊地包住，充滿肉慾的白色汙液被乳溝接住。不僅如此，還繼續微微摩擦因高潮而過度敏感的黏膜頭。就像和洗淨黏液混合般。

「喔，喔！這個厲害……！」

彷彿失去意識般的快感令史坦克抬起腰來。

變紅的男劍突破肌膚的包圍網。咻，肉汁射到愛爾瑪的嘴邊。穿過嘴唇的縫隙，在口腔架起白濁的橋梁。

「嗯呀……！」

「哎呀，抱歉，把妳弄髒了。」

基於禮貌他先道歉。其實心裡想著：「好色啊！幹得好，我的兒子。」

「嗯，唔，沒關係。我習慣了……」

愛爾瑪銜著從牆邊伸出的流水蔓。這是生長在精靈森林的奇特樹木的藤蔓，似乎當成讓水通過的管子。

「啾啾……咕嚕咕嚕咕嚕，呸！」

愛爾瑪漱了口，吐出混濁的汁液。這個動作重複了三次。

「妳很習慣呢……」

「因為是工作啊。」

可以的話真希望她吞下去，不過她的笑容很可愛，就算了吧。

玩樂才正要開始。

解放過的肉劍仍然銳利地屹立不搖。

接著兩人沖掉洗淨黏液，在浴池裡觸碰彼此的身體。

「機會難得，用妳那誘人的嘴巴幫我含吧？」

「是～遵命～」

他們泡在熱水裡，愛爾瑪把嘴唇獻給了史坦克的那話兒。
美麗的臉龐為了服務而扭曲的模樣，不斷地引起嗜虐的愉悅。
又舔又吸的直接刺激當然也很爽。
啁啁，啾啵啾啵，誇張地發出聲音也搔到男人的癢處。
「喔～又要射了……去吧！」
不一會兒史坦克射在她的嘴裡。
「咕嚕咕嚕咕嚕，呸！」
愛爾瑪毫不猶豫地漱口，然後吐出來。
「妳很習慣呢……」
「因為是工作啊。」
雖然也想要多一點氣氛，不過她的笑容很可愛，就算了吧。

夢魔店絕非只是澡堂。
雖然在法律規定嚴格的時期，他們總是堅稱「只是在進行入浴服務時，碰巧員工和客人談戀愛進而發生性關係，和本店沒有關係」。
那是史坦克出生很久以前的事了。
現在尊重夢魔（暫稱）的權利，性交服務也完全合法。

決戰之地在床上。

「嗯，那麼……要爽到升天喔。」

仰躺的愛爾瑪兩腳張開。

柔軟的白色胯股中間，有一條頂著繁茂淡綠色的淡紅色裂縫。

和男人性交用的器官帶著濕氣，光耀奪目。

「嘿嘿，真誘人呢。」

史坦克移動膝蓋靠近，用男劍頂住。

在接觸的瞬間，愉悅的麻痺通往雙向。兩人同時顫抖——

滋啵，一口氣深入根部。當然是合法的。

「嗯啊啊，果然很大……！」

「愛爾瑪也很緊，好樣的……！」

被勒緊的肉棒一口氣加熱。

（感覺自己活著……！）

他愛死了和女人合而為一的這一刻。

單純的爽快，也有成就感。對象是異種族則更加美妙。

史坦克之前與各種種族交合過。根據他蒐集到的體感資料，精靈女郎的陰道比人類女孩更狹窄。

「精靈真的很美，而且又很緊，真是太棒了……！」

不管插入幾次都不膩的歡愉。

海綿體顫動亂跳，腰部自然而然地開始活動。

「啊～啊～厲害，客人好厲害啊！」

與其急著前後頂撞，不如慢慢地用腰部畫圓，這樣攪一攪更高明。陰道啾啪啾啪熱情地黏著繞圈迴轉的肉劍。雖然摩擦的肉壁襞粒的觸感薄弱，另一方面，卻有著愛液獨特的黏稠。

史坦克仔細黏糊地享受精靈的小穴。

「啊，啊！啊嗯！怎麼辦，真的很巧妙……啊嗯！」

「咦？什麼？妳以為我沒什麼了不起是嗎？」

史坦克嘿嘿地笑，像在責問般用劍尖按著鑽轉最深處。

「啊嗚！不……不不，沒那回事……呀！」

史坦克突然掐捏乳頭，愛爾瑪的臉快樂地扭曲。也許不是職業高潮，而是真的高潮。證據就是她尖耳朵的角度略微下垂。

史坦克以緩慢的腰部動作探索到柔穴的弱點，然後獻上集中的摩擦。

「咿！啊！啊啊！好棒……！」

由於看到愛爾瑪的反應，他啟動了認真模式。

愛爾瑪叫床的嘴巴大大地張開，背向後彎，細腰抬起。

肌膚泛紅，珠玉般的汗水浮現更添嬌豔。

啵啾，啵啾，水聲愈來愈大。

喔喔，太爽快了。

這種「用一把大劍打敗美女！」的感覺。

（讓小姐並非客套地高潮是男人的浪漫……！）

雖然全盤接受經由業務培養的專業淫戲也不錯，不過為浪漫而活的男人用必殺劍把女孩變成一頭母豬也很棒。

靈魂震盪，內心雀躍，腰部扭動。

啪！啪！啪啪！有節奏地反覆衝撞。

「怎麼了怎麼了？這麼有感覺嗎？」

呼嘿嘿，他帶著下流的笑容追問。他自知是下三濫的禽獸，應該說是故意的。美女與禽獸的組合在任何時代都是最色情的。

「討厭，真是壞心眼……！」

「愛爾瑪喜歡被這樣弄嗎？」

「啊啊！雖然喜歡，呀！那裡不行……！」

「這樣嗎？這樣嗎？這樣很爽嗎？是嗎？小姐？」

「啊咿咿咿咿咿！」

愛爾瑪抓住床單拚命地搖頭。

雖然她似乎到達極限了，史坦克卻刻意降低擺腰的速度。對於接近高潮的女人同時給予餘裕和不滿再觀察反應，也是一種浪漫。

（三選一吧……A：饒了我；B：再來；C：我最愛最愛最愛客人了。）

他一邊預測接下來的反應，一邊低頭看著小姐的臉。

她以神魂飄蕩的表情難受地說：

「啊嗯！啊嗯！啊啊……被這樣弄過之後，我又會想見你……！」

三個選項都不正確。快樂的意外回答令他激動興奮。

「說這種話不太好吧？要是我變成在店外堵妳的客人，妳會感到困擾吧？」

「這我分辨得出來，沒問題。而且你是愛玩的類型。」

「突然變冷靜了呢。」

「之前待的店有召喚服務，我也曾在店外和客人見面……果然有人會莫名地認真起來呢。大約兩百年前，返回用的魔法陣被動了手腳，我差點回不來呢。」

「不愧是精靈，經驗豐富呢……」

不單單只是長壽的種族啊～史坦克一邊抽插一邊感到佩服。

「嗯！啊嗯！果然那種客人很可怕……有的召喚女郎完事後甚至會先讓客人睡著再逃跑。」

「那種做法，徘徊在違法邊緣呢……」

「那種客人，眼睛大多像龍族的喉火，基於這一點，客人約有七成眼神下……眼神陰沉。」

「妳剛才想說下流嗎？」

「啊嗯！那裡好爽～！我要發狂了～！」

雖然有些部分令人在意，不過史坦克不再追問。

認清逢場作戲才風流。連在店外都要求行為的延伸算是違反禮儀，忽略女人不想被問到的事情則是禮節。

不過，現在還留有餘力令人不痛快。這傷害了男人的自尊心。

史坦克決定亮出最後王牌。

他輕咬了尖耳朵。

「咿嗯……！」

「果然耳朵很敏感。那邊在抖動吧？」

「咿啊！啊啊啊啊！」

尖端單純地感度良好。如果要讓她聽到猥褻的水聲，就要在耳道附近。活用與許多精靈女郎床戰的經驗讓她高潮了。

同時腰部動作也愈來愈激烈。從緩慢的畫圓運動變成Z字形的銳角運動。這是接連劈向多個弱點的巧妙劍技。

啵啾啵啾，哆啾哆啾，不斷地進攻。

渾身顫抖、激烈抖動，愛爾瑪的身體被逼近的痙攣襲擊。

「嗯嗯嗚！啊！好厲害！那邊好棒！啊嗯嗯嗚！」

熟練的精靈女郎也完全被瓦解防禦。痙攣擴散到承接男劍的肉洞。不論對男人女人來說，這真是超級爽快。

黏膜與黏膜彼此融合般愈來愈熱。

每次摩擦時，從胯下到胯下都有電流竄過。

甚至有種世界只剩下彼此的萬能感。

那正是藉由交合所達到的神之領域。

「快要、快要、我……要高潮了~~~~~~~！」

「我也，第三發，要射了……！」

史坦克與愛爾瑪身體打顫，互相分享通往開天闢地的瞬間。

白濁的快樂奔流，被灌進赤紅光滑的愉悅漩渦中。

咻嚕嚕~哆咻~咻~咻~

以第三發來說，是毫不留情的大量世界創世汁。

（好耶，順利內射了……！）

因為想要一滴不剩地注入，史坦克挺腰，咕嚕地轉動使勁摩擦。

「咿嗯嗯嗯！啊啊！射了好多，好厲害……！」

愛爾瑪也扭動腰部接住。高潮的肉壁緊緊地壓榨男劍。每次擠壓都讓史坦克感受到頭暈目眩的愉悅感。

「喔喔～好像全都被吸出了……！」

「嗯哼，因為，我是夢魔女郎啊！嗯～啊啊啊……」

她是在幾個世代前混到夢魔血脈的啊？混帳。

一邊高潮還一邊露出可愛的微笑，混帳。

令人想奪走那嬌艷的紅脣，混帳。

啾～嘴脣愈來愈靠近。

可是在碰到之前，手掌遮住了追擊的嘴脣。

「接吻要追加費用～」

「唔，我付錢！我會付錢，讓我親一下！」

「感謝惠顧～」

下面升天，上面也黏膜接觸。這種同時攻擊能穩定地發揮高威力。多付一點錢也是不得已的事。姑且不論這點小事情，現在想要一邊高潮一邊親吻。

親了。

啾啾～噗啾噗啾。

嗯啾嗯啾，啁啁。

啾嚕嚕，揑啾揑啾。

在忘我的盡頭恢復理智之前，兩人繼續親吻。

射了好多。

愛爾瑪在店門口送客。

「要再來喔～」

手在頭上揮舞的動作看起來有點天真可愛。就算是熟練的夢魔女郎，女孩子無論過了多久也還是女孩子。

雖然也許只是因為外表不錯，所以無論任何動作都很美。

「果然精靈每個看起來都是年輕漂亮又可愛，太讚啦！」

胯下的指南針今天也是精準度極高。雖然操過頭有點累，但可說是舒暢的疲勞感。

嘴裡叼著的香菸味道深深地滲入疲憊的體內。

吐出的煙霧前頭有個人影。

細長的身體加上尖耳朵——是精靈，卻是個男的。

「嗨，史坦克。」

打招呼的聲音並不和善。明明眉清目秀，卻頂著一頭刺刺的金髮，以半睜眼盯著人的眼神看起來像個混混。那張臉對史坦克來說是熟悉的無賴樣。

「嗨，傑爾。」

是一起逛夢魔街的伙伴。

瞧他一臉不爽的樣子，大概是踩到地雷了。

「……你該不會跟剛剛那個精靈做了吧？」

用不著問，看史坦克一臉滿足就知道了吧。

傑爾一副要吐的樣子，不高興地說：

「搞啥啊？那個已經超過五百歲了耶。」

「……？然後呢？」

「什麼然後！根本就是老太婆了啊！」

也許是感到一股寒意，傑爾的脖頸起了雞皮疙瘩。

五百歲的精靈女人，對史坦克來說只是年輕可愛的大姊姊。

在同族的傑爾眼中，卻似乎是「比瑪那腐臭的母親更年長的老太婆」。

他說要抱的話，姿色普通的五十歲人類女性（對史坦克來說是老太婆）好太多了。不到一百歲，瑪那又年輕，再加上適度的成熟韻味，說起人類女性的優點就停不了。

傑爾也是胯下有著專屬指南針的男人。

同樣是有指南針的人，有時也會起衝突。

「好～既然你這麼說，就來分個高下吧！」

五百歲的精靈老太婆和五十歲的人類老太婆。
他們向聚集在酒場的夢魔街風流猛者募集意見，看看何者比較好。
人類代表，史坦克。
精靈代表，傑爾。
也搭配組合獸人代表和半身人代表，以評鑑形式發表。
結果，人類老太婆以三比一獲得壓倒性勝利。
精靈支持者只有史坦克。
「——真的假的？」
被外表拘束似乎是人類的特色。
胯下擁有指南針的人，有時候是孤獨的。

附帶一提。
以這件事為契機，史坦克他們的評鑑成了酒場的名產。
從多種族的觀點評價夢魔店的報導前所未聞。
對許多指南針造成影響的執筆者，人們稱之為異種族評鑑家……這種事偶爾也是有的。

「只不過是一群笨蛋色鬼吧？」

酒場的女侍半睜著眼提出冷淡的意見。

儘管背後承受著極寒的視線，這群男人又展開全新的冒險。

為了尋求還沒見過的優良夢魔店——

前往指南針指示的方向。

# 第一話

# 古愛經

即使對方是伙伴，男人也有不能讓步的東西。

在酒場「食酒亭」，兩個男人怒目相視。

人類，史坦克。

精靈，傑爾。

他們用木製麥酒杯喝麥酒，潤潤喉嚨後對彼此怒吼。

「陰莖啦！」

「小雞雞啦！」

嗚哇～雖然眾人的目光集中在他們身上，但是沒人管得著。

因為這是男人的信念之戰。

「男女的自由時間開始了！撫摸舔拭插入活動，漸漸地興奮起來——無疑地，這時女人會說什麼！」

「小雞雞！」

「不對，再怎麼想也是陰莖才對啦！如果是情緒尚未高漲也就算了，情緒高漲後就會不顧羞恥，說話方式變得下流才有情趣吧！吶，傑爾！」

「情緒高漲後會變得下流，這種想法太卑劣了，史坦克！在這種狀態下也藏不住害羞，以宛如擠出般的嘶啞聲音說出——小雞雞♪」

「由你實際示範只會發冷啊！」

「重點是摻雜在聲音裡的魔力！雖然小雞雞在發聲時只有一點，但是魔力變濃會散發出魅力啊！小雞雞！」

「魔力戀物癖的執著不可能懂啦！陰莖！」

「小雞雞！」

「陰莖！」

「小陰雞！」

「混在一起了啦！」

憤怒的粗話不停地狂舞。

咚！

憤怒的盤子被摔在桌子上。

「小聲一點啦……」

女侍梅多莉兩頰泛紅，低頭看著兩人。

她背後的翅膀不斷抖動，鳥爪陷入地板中。大概是難以忍受這種下流話題吧。她是臉上還帶點稚氣的純情有翼人。不過女侍服的胸部附近撐開鼓起，已經充分發育了。

有翼人顧名思義，就是背部有翅膀的飛行種族。

臀部有尾羽，膝蓋以下是鳥肢，身上處處可見鳥類的特徵。即使如此肉體的形狀大致與人類相同，是直立雙足行走型。智力程度也和人類一樣，能勝任需要溝通的服務業。

梅多莉雙手抱胸嘆了一口氣。

「你們倆要去哪種店逍遙是你們的自由，不過這裡是吃飯喝酒的地方。那種奇怪的話題盡量壓低聲音啦。」

「食慾和性慾對生物來說都很重要啊，梅多莉。」

「因為妳的父母有性慾才有現在的妳啊，梅多莉。」

「我真的要生氣嘍。」

梅多莉的眼睛完全發直。

由於甚至感覺到了殺意，史坦克和傑爾順從地低下頭。

「唉，真是的……真拿你們沒辦法。」

畢竟是服務業。她不情不願地雙肩下垂。

「總之小聲一點，還有不要帶壞可利姆。」

「那得看他了。對吧，傑爾？」

「是啊，史坦克。」

乖順的兩人用眼睛餘光目光敏銳地看向「可利姆」。

雖說他是男的，姿態卻會被誤認成女生。

在陽光照射下宛如固定成絲狀的金髮加上具有透明感的肌膚、像會折斷般的柔弱身體、柔和的臉部輪廓、水汪汪的大眼睛，簡直是典型的美少年。

他今天也端著托盤勤奮地服務客人。

想讓勤勞少年休息一下，是大人的溫柔。

「喂～可利姆～！」

「你希望女孩子把那話兒叫成什麼～？」

「你在問什麼啊——！」

梅多莉用托盤的角連續毆打史坦克和傑爾。這種痛已經習慣了。不，雖然習慣了，但還是會痛。這位美貌女店員長得可愛卻非常暴力，真是傷腦筋。

「在做什麼啊？實在是……」

臉色紅潤的美少年有點傻眼地半睜著眼。

「沒什麼，只是想聽聽不同種族的意見。」

「天使也就只能找你啦。」

這種情況下所說的天使，並非用來讚美純潔美少女的比喻方式。

食酒亭的服務生可利姆維兒是真正的天使。

在天界侍奉天神的高階種族——天使。

頭上有光環，背上有光翼。其他外表上的特徵和人類相同。

和精靈同樣是美麗的種族，無奈樣本太少。他們降臨地上的實例趨近於零。就算有也僅限於童話的範疇。

如果只看可利姆，他肯定是會被錯看成少女的美少年。

「雖然平常不會見到天使，不過在眾人面前聊這種話題……」

可利姆面紅耳赤地移開視線。

雖然態度溫順，但他的細腿戀戀不捨地停下腳步。

更正確地說，是他的翅膀停止動作。比起走路，他更常利用翅膀移動。而且不用拍打，就能輕飄飄地浮在空中。這是因為帶著光芒如棉絮般，與有翼人有所區別的奇妙翅膀的不可思議作用。

「又來了，可利姆老師，您太謙虛了。」

史坦克完全露出色老頭的下流淫笑，故意似的搓著手。

「號稱小妖精殺手的那話兒，想必是有名字的名刀吧？」

「才不是什麼殺手！話說店家叫住我，問我要不要光顧……啊啊真是的，你害我說了些什麼啊……！」

雖然慌慌張張地很可愛，其實他是小妖精殺手。

在人偶尺寸的小妖精專門店，姑且不論體格更高大的史坦克他們——

「我們店裡沒有小姐可以塞下你那根啦。」

因而遭到眾人訕笑的猛者——巨根天使可利姆維兒。

他也是在夢魔街逍遙的伙伴。

「而且，讓女性說出那麼害羞的話太失禮了……」

溫順的態度反而刺激了史坦克的嗜虐心。

「喔～大奶的溫柔大姊姊從背後抱住你，摩娑玩弄你兩腿之間的——來，請說。」

史坦克有節奏地說完，硬要他回答。

可利姆一瞬間答不上來，然後低著頭小聲地說：

「……你那可愛的小東西，之類的……像這種感覺。」

「還真是可愛的意見啊！各位～！可利姆希望陰莖被叫成可愛的小東西喔～！」

「明明垂著一點也不可愛的東西，啊哈哈哈！」

「太……太過分了～！史坦克、傑爾，你們太過分了～！」

天使哭泣後，美貌女店員的托盤猛烈襲擊史坦克和傑爾。

他們的頭臉都被毆打，稍微反省了一下。

要捉弄可利姆還是等梅多莉不在的時候再說吧。

雖然挨打，但是性方面的好奇心不會停止。

——男人追求的男性生殖器的稱呼方式到底是什麼？

史坦克和傑爾壓低聲音到處詢問認識的人。

「嗯～我覺得小雞雞或陰莖都可以……」

甘丘雙手抱胸沉思。由於他的體格從椅子上腳碰不到地，連手都抱著個子就顯得非常小。

他絕對不是小孩子。儘管外表如此，卻是成熟的男人。

半身人——是宛如野兔般聰敏靈巧的矮小種族。

他們即使長大成人，在人類眼中也不過是十歲小孩。尖耳朵被獸毛覆蓋，如果沒看清是哪個種族，以為是小孩而疏忽大意，可是會嚐到苦頭的。與外表相反非常狡猾，是相當厚顏無恥的種族。

甘丘帶著天真無邪的笑容，直接附加一句：

「如果加個大爺我會很高興呢，帶著幾分敬畏。」

骨子裡完全不天真無邪。

「……陰莖大爺？」

「……小雞雞大爺？」

「是這樣沒錯，可是聽你們兩個說一點也不高興啦！」

「我自己說了也不覺得高興啊！」

「話說我的意思是，女孩屈服於不過是身體一部分的那話兒，宛如被畏怖與敬意壓迫般向我跪拜，這樣才對啦！」

以天真無邪的臉龐充滿邪氣地激烈辯論的童顏成人。就某方面來說令人欽佩。

「喔，多麼偉大啊，陰莖大爺。」

「所以說，我不想聽你說啦，史坦克！還有你的說話方式缺乏節奏感！」

「要求很多的陰莖大爺呢。還要有節奏感。」

「淫語就是節奏感和悅耳的聲音啊。宛如跳舞般讓靈魂與海綿體顫動。」

這隻小小的生物在說什麼啊？

「可是……我比較喜歡小底迪。」

「在說什麼啊，傑爾？」

聽了傑爾認真的發言，甘丘的反應有些退縮。

「不，我也能理解喔，傑爾。」

「你懂嗎？史坦克！」

「我想聽年長的色色大姊姊說……你的小底迪膨脹起來很痛吧？太可憐了，大姊姊讓你輕鬆一點喔。像這樣。」

「年幼的小惡魔類型也難以割捨呢……哇，小底迪好厲害，我可以吃掉嗎？嘿嘿！像這種感覺。」

「喔，我懂。傑爾……可是從你的嘴裡聽到會縮起來呢。」

「我也有點縮起來，不過你的心情我深切地感受到了……」

叮、叮，酒杯相碰兩次。

「呃……一開始故作從容地叫『小底迪』，最後被搞到腰腿癱軟，變成加上『大爺』，我覺得這正是精華……」

甘丘獨自啃著炒豆子，鬧彆扭地嘟著嘴。

接著史坦克也向對面座位詢問意見。

「鳴神，你覺得呢？」

那個男人沒有坐在椅子上，而是在地板上捲成一團抬起上半身。

他是蛇系的爬蟲人種——拉彌亞。

不止下半身是蛇，長舌頭與蛇眼等細節部分和人類也有差異。

鳴神的蛇眼滴溜溜地轉，然後看著史坦克。

「雖然沒有特別喜歡的叫法……相反地軟掉的表達方式，倒是有『像蛇一樣長』的說法。哎呀，實際上前些時候才被說過。」

史坦克摸不著頭緒地歪著頭。

「你那話兒被說成像猴子一樣大，你會作何感想？」

「我會覺得這女孩還不習慣工作呢。」

「對吧？果然召喚女郎好壞與否差距很大呢。」

鳴神吐出前端分岔的舌頭聳了聳肩。

「什麼？不是夢魔店，而是召喚女郎啊？那當然會踩雷啊。」

理所當然地，史坦克驚呆了。

所謂召喚女郎是指夢魔店的應召女郎服務。有用魔法陣召喚的高級小姐，當然也有用念話魔法洽詢，然後自己走來的廉價服務。

兩種都和在店家挑選女孩不同，在到達之前都不知道長相。

雖然可以換人，可是換太多次可能會引起麻煩。

「以我來說——」

皺起眉頭說話的人。是鳴神右邊的獸人布魯茲。

雖然簡單地用獸人稱呼，但是有犬貓兔狐豬等眾多衍生種，而他則是犬種。

他的外觀是能夠直立行走的狗。

大塊頭的健壯體格與銳利的眼神，令人想到勇猛的大型犬。儘管如此，結結巴巴的說話方式有種可愛的感覺。

「召喚女郎是在旅館房間內做愛，有點困擾呢。」

「不，可是召喚女郎的優點正是這一點吧？」

傑爾的手撐在桌上從旁插嘴。

「不想外出走動的時候，在旅館裡悠哉地閒躺，小姐就會自己過來。只要有小姐的名片或店家的卡片，念話也能輕易地接通。」

「如果是精靈，或許很擅長魔法，不過我是拳打爪抓的肉搏系……」

布魯茲咳了一聲。發出「嗚汪」的狗吠聲。

「這跟剛才的話題也有關係，比起那個的稱呼方式，我更重視說法。」

「擠出般的嘶啞聲音、節奏感或跳舞般之類的嗎？」

「我喜歡像遠處的嚎叫那種宏亮的喘氣聲。讓召喚女郎在房間裡這樣叫，旅館的人絕對會生氣。」

「陰～莖～像這樣？」

「小雞雞——————像這樣？」

音量稍微大一點，便傳來了梅多莉的殺氣。

史坦克立刻降低音量。

「不愧是獸人，對聽覺系很講究呢……」

「真要說的話，我比較講究嗅覺喔。再來才是聲音。」

鼻子和耳朵。如果是狗，這兩者都比人類出色。

「可是，狗在交配時不會發出聲音吧？」

「那是因為交配時發出聲音會有敵人來襲。如果是在沒有敵人的狀態下享受自由的交配，反倒會大大地發出……話說，不要把獸人和狗混為一談。」

「哪種喘氣聲最能讓你性致勃勃？」

「汪嗚～」

「不就是狗嗎？」

「吼……」

連用喉嚨低吼的聲音，果然跟狗一樣。

之後史坦克和傑爾也在店裡四處徵詢意見。

結果，得知召喚女郎派不到整體的三成。

雖然感覺偏離了當初的目的，但畢竟是酒席上的心血來潮。很難斷言這是多種族男性全體的意見。

「外出走動找店家也不怎麼費事啊。」

聚集在食酒亭的人大多是漂泊的冒險者。假如從事以雙腳為本錢的工作，渴望好女人而出遠門也算是輕鬆的事。

當然辛辛苦苦走到的店不如預期，也是常有的事。

「夢魔店和召喚女郎，都是有好有壞呢。」

聽了史坦克的話，所有男人深深地點頭。

無論哪個男人，玩女人遭到沉重打擊都會逐漸成長。

「至少……命中率一〇〇%在任何時代都是都市傳說。」

傑爾抬頭看著天花板。宛如哲學家般以沉鬱的眼神望著遠方。到底是長壽的精靈，想必有許多踩雷的經驗。

「哼……如果是都市傳說，據說『後門的紅黑色條紋招牌』和『超越時空的召喚女郎』一〇〇%命中呢。」

賽坦一臉得意地說。

藍色皮膚和兩隻角非常顯眼，和食酒亭不搭嘎的文青男子風格。其實他是惡魔。

在魔界生存的黑暗種族。以強韌的生命力和強大的魔力著稱。自私自利，以陷害他人為樂，不過卻莫名具有不能通融的性格，契約被鑽漏洞，反倒被陷害的情形也不少，總之很多惡評。

賽坦個人是處處可見的，對夢魔女郎狂熱的指南針男子。

「夢魔店的歷史可追溯到太古時代。可疑的故事多得是。」

「惡魔說什麼可疑也令人質疑，不過我懂你的意思。」

史坦克深深地點頭。

夢魔店的歷史等於性慾的歷史。連綿不絕的男人慾望互相纏繞，有時會生出無謂的傳聞。這才是都市傳說。

招來幸運的白貓女郎。

徘徊在夜空的夢魔船。

封印在黑暗迷宮裡的禁忌優良店。

天空盡頭的夢魔店。

夢境彼方的可愛大母神。

黃金鄉的金粉鋼管舞。

因警察上門搜索而躲入地底，由於違法廢棄魔力物質導致巨大化的違法夢魔女郎。

在深夜的廁所現身，強迫選擇服務的怪異夢魔。

巨人的腳在海裡受傷，在膝蓋骨長出小妖精專門夢魔店。

諸如此類，各式各樣，形形色色。

「——是啊，是都市傳說啦！」

有個小鬼跳了起來，是甘丘。

「直到最近被認為是都市傳說的夢魔店，事實上實際存在喔！」

他喘著氣在逍遙伙伴之間跑來跑去。

「被芳香的香味與官能的歌曲吸引，一踏進去眼前正是桃花源……歡唱、跳舞，度過無比幸福的時光，身心都豪華絢爛！它的名字就是『古愛經』！」

「勢不可擋的廣告詞呢。」

「聽說賽蓮系種族很多喔！如果對聲音和說淫語的技巧很講究，去試一次也不錯喔！如何！」

史坦克向傑爾使眼色。他們倆雙眸閃耀。

「有搞頭呢。」

「不過，是哪一種賽蓮？」

傑爾的疑問也是理所當然的。

被稱為賽蓮的種族有兩支。

和美人魚同樣上半身是美女，下半身是魚的半魚人。

背上有白色翅膀，腰部以下是鳥的下肢，位於有翼人和鳥身女妖之間的鳥人種。

魚和鳥是相差懸殊的種族，不過有一個共通點。

就是在海上發出美麗歌聲的習性。

過去把迷惑船員的魔性歌手稱為賽蓮。結果，碰巧相同習性的兩個種族被人用同樣的名字稱呼，而他們也接受了這個名字——這種說法沒有學術的根據，畢竟只是都市傳說的領域。

「聽說店裡的女孩是有翅膀的。雖然好像也有其他種族的女孩。」

「那家店在哪兒？」

「總店在越過沙漠的路線，不久前在『華麗的小大河』附近開了分店。」

甘丘用手指著貼在旅館牆上的地圖說明。

幸好那是史坦克和傑爾走過好幾次的地區。

「這裡的話從熔岩大洞穴可以抄捷徑。」

「立刻動身嗎？」

「當然。」

史坦克和傑爾站起身來。酒場外依然太陽高掛。冒險者是自甘墮落的生物，無論清晨或是中午，只要一有閒就會喝酒。

「等等，你們倆。」

梅多莉慌忙制止兩人。

「去街上不行嗎？那個洞穴有很多怪物，很危險耶。」

妳有偷聽剛才的猥褻話題啊？興致勃勃的嘛，這個悶騷色狼，嘿嘿。史坦克把色老頭魂藏在心裡，裝出一本正經的表情說：

「決斷拙而快，享樂巧而遲——這正是走遍夢魔店的體會。」

「打鐵趁熱，不過早洩就太可惜了。就是這個意思。懂嗎，有翼人小姐？」

「這兩個性騷擾的化身……我不管你們了。」

梅多莉轉頭就走。裝清純的素人態度也很可愛。不只臉蛋可愛，胸部也很大，如果她是夢魔店的小姐，一定會毫不猶豫地指名。

「喔，對了。可利姆，你也一起去嗎？」

「呃，史坦克，我……」

天使美少年怯生生地在意別人的眼光。

梅多莉一把抓住他的細脖子。

「傍晚會有團體客上門。如果你又像之前那樣突然不見，店裡會忙到翻掉。明白嗎？之前和史坦克他們一起回來的可利姆。」

「梅多莉，妳的笑容好可怕。」

「而且熔岩大洞穴真的很危險。在那種地方慘死的人，有那些色男人就夠了。明白嗎？」

「我覺得史坦克他們不會出事啦……」

史坦克一行人無視囉哩囉嗦的服務生，進行出發的準備。

「男人拙而快！我們不會讓動作緩慢的可利姆加入！」

「我們自己去快活！你已經錯過了！」

「耶～耶～！」

「耶～！耶～！」

「小鬼頭嗎！」

為了躲避梅多莉扔出的托盤，一行人奔出酒場。

穿過熔岩大洞穴就有女體等著。

從半山腰俯視「華麗的小大河」，全貌看起來像是跳舞的女人——這種說法，是相當浪漫的言語吧。

「完全看不出來啊，哪是女體？」

大家默默贊同史坦克冷淡的意見。

「看起來就像樹枝胡亂分岔的河川。」

布魯茲說道。他似乎很癢地揉揉狗鼻子。

「我覺得倒也不是看不出來……話說，小大河是什麼意思？」

身手矯捷的甘丘從樹木的高枝俯視河川。

如網狀分歧又滙合的無數河川。全都是堪稱小河的規模。雖說有段距離，但每條河看起來都很纖細，稱不上大河。

「數百年一次氾濫成災，就會變成一條大河喔。」

「哦，不愧是傑爾爺爺，知識淵博呢。」

「我可是兩百歲的生龍活虎小伙子。」

小大河氾濫時周遭一帶都會被淹沒。但是以數百年一次的頻率，不知道過去的短命種糊里糊塗地在這裡建立村落，有時就會被滅村。精靈這種長命種向國王上奏，才總算把鄰近一帶劃為禁止居住區域。

「粗暴的部分倒是很像女人吧？」

史坦克撫摸被梅多莉揍了一頓的臉。

比起大洞穴的怪物，她的暴力造成的傷害更大。

「所以，那家『古愛經』在哪裡……？」

「在那邊啊。瞧，那座街道延伸的茂密森林，應該說山丘上吧？就算河川氾濫也不要緊的地方。」

甘丘從樹枝間目光敏銳地發現目標。

長了一片鬱鬱蒼蒼繁茂樹林的略微隆起的山丘上，隱約可見一個小屋頂。其中在山丘最高的地方能看見水滴形的屋頂。在這個地區看不到的異國情調建築樣式煽動男人們的指南針。

人類，史坦克。

精靈，傑爾。

半身人，甘丘。

獸人，布魯茲。

雖然種族相異，卻有志一同。

一行人朝著幸福的境地向前邁進。

他們不斷前進。朝向自己胯下所指示的命運之地。

大約不過片刻，他們抵達了森丘的夢魔街。

在緣意的縫隙間有好幾間官能之館。

「很多精靈系的店呢。果然因為是在森林裡嗎？」

「喔，也有樹精的店喔。這麼說來，最近都沒碰過呢……」

「海妖專門店……那種的浴池太深，會溺水呢。」

「呀啾！」

有一位毛球男在打噴嚏。

「布魯茲，你感冒了嗎？」

「不是，從剛才就這樣，有股奇怪的氣味……呀啾！」

布魯茲頻頻揉狗鼻子。

「該不會，這個氣味是……」

「有了！終於走到了，各位！」

甘丘大聲喊叫，打斷了獸人的話。

果然前方是「古愛經」。

「……好大啊。」

充滿異國情調的建築物，面積足足有周遭店家的三倍大。

三座塔往正上方延伸，水滴形屋頂直通深邃的樹幹。

不知是因為建材或塗料，在陽光照射下處處光輝燦爛的樣子真是豪華絢爛。

連寫有店名的招牌都閃閃發光。

所有人乾渴的喉嚨，總算嚥下唾沫。

「喂，甘丘，這裡該不會是相當高級的店吧？」

「呃，我朋友只有說是可以玩得開心的店……」

史坦克打開皮囊確認攜帶的錢。

伙伴們也確認身上帶的錢。

一片沉默。

「……去別間店快活吧。」

「嗯，這次看來是沒辦法了。」

「汪嗚……呀啾！」

不管指南針再怎麼指向前方，巧婦難為無米之炊啊。

「啊，對了！在大洞穴殺死的怪物的角！那隻巨大怪物的！那個也許有懸賞金喔！去官署確認換錢吧！」

「幹嘛那麼拚命啊？」

「因為一直想去看看啊……我應得的部分減少也沒關係，大家豁出去吧？」

甘丘的指南針似乎有特別強烈的反應。

不過也是能懂他的心情。妥協之後大約七成是後悔。三成則是「這裡反而更好」的安心感。

四人前往官署賭一把懸賞金的可能性。

入店的同時弦樂器的音色迎接一行人。

「黃昏造訪的客人熱情的眼神宛如迦樓羅～♪」

女人突然唱了一段。

頭上有兩隻角、紅色皮膚、背上有金色翅膀，腰部以下的形狀是鳥類。

雖是非常花俏的外表，卻是陌生的有翼種。爪子彈奏的弦樂器也很陌生，持續發出不熟悉的異國情調樂音。

五官鮮明的美麗臉龐是史坦克喜歡的類型。即使如此，一切都太突然了，有點不知該如何反應。

「妳是……店裡的人吧？」

「是乾闥婆吧？我好久沒見到了。」

「你知道啊，傑爾？」

「是生活在東方熱帶地方的有翼種喔。整個種族都喜歡技藝。」

「為了分享來自遙遠灼熱之地的歡悅時刻～♪」

像是櫃檯小姐的乾闥婆女郎用鳥肢靈巧地邁開舞步。

甘丘也不服輸地跟著節奏邁開舞步。

「我們第一次光顧♪還請詳細說明♪」

還真起勁。

「好的，那就開始為各位詳細說明。」

「妳會正常說話啊？」

「因為對新手用唱的很難傳達要點。」

乾闥婆女郎停止唱歌與跳舞，開始說明店裡的消費方式。沒有停止演奏樂器大概是她的堅持，或者是店裡的方針吧。

服務內容大體上和一般夢魔店沒兩樣。

挑選小姐和服務後就到極樂室上陣，準備決戰，就是這樣的流程。

「方案有點搞不太清楚耶……標準型應該就是一般玩法，不過這個吟遊詩人方案和教會音樂方案就有點……」

「就是字面的意思喔。穿插吟遊詩人自彈自唱的方案，以及像教會音樂般彈奏管風琴的方案。此外還準備了西方人士熟悉的音樂。」

「是ＢＧＭ啊……」

「話說建築物也很高大呢……」

因為不太清楚內容，所以決定選擇標準型。

再來只剩下挑選女孩——

「呀啾！啊呼！呀啾！」

布魯茲從剛才就不停打噴嚏。

「怎麼了，布魯茲？」

「呃，沒有，氣味……太香了，我的鼻子……呀啾！」

「我倒是不討厭這種香味。」

的確從乾闥婆身上飄散出一股獨特的體味。像是多種香料混合般，有點刺激的芳香使史坦克情緒亢奮。

「嗅覺太靈敏也很麻煩呢。」

「不好意思，我選這個服務，G罩杯的賽蓮女郎！」

「啊，甘丘你這傢伙！趁我在關懷同伴時搶走巨乳女孩！」

史坦克緊接在甘丘之後隔著玻璃窗盯著女孩的待機室。

待機室裡擠滿了乾闥婆與賽蓮。

幸好史坦克的指南針挑選的女孩，不是甘丘選上的那一位。

「好，我要那位腹肌有些線條的乾闥婆。」

「我覺得賽蓮也難以割捨，不過這次機會難得，就選那個女孩。」

傑爾用手指著年輕貌美的乾闥婆。

「啊呼！啊嗚……！請……請幫我安排一位氣味淡的賽蓮……」

布魯茲流著淚殷切地拜託。

「那麼，各位～♪請前往命運女神所在的房間～♪」

於是這群男人分別行動。

就算結伴而行也只有到達店家之前。發揮男人的真正價值時，男人不需並肩前進。而是一對一面對夢魔女郎。

（好啦，乾闥婆女孩玩起來是什麼感覺呢？）

打開極樂室的瞬間，很像在地城深處打開寶箱的那一瞬間。

內心懷著大大的期待，以及一絲不安。

一陣挑動本能的香味緩緩飄來。

叮啦鈴～肅穆地響起了撥弦聲。

幸好，等待的女孩沒有拿著樂器。

「好，選對了。」

和隔著玻璃窗看到的印象沒有落差。偶爾會有那種只有一開始保持看似美女的角度，藉此逮住客人的微妙小姐。

關於這點，史坦克挑選的小姐無論從任何角度來看都是「選對了」。

有些銳角的相貌，與其說是美女或美少女，倒不如說是帥氣型。

（這種容貌放蕩開時也不錯呢。）

有點肌肉的運動型肢體也和容貌很相稱。有肌肉的話皮下脂肪也會減少，所以胸部驕傲地向上挺。

透過薄薄的紗麗看見的紅色肌膚，宛如熱情的火焰。

「嘶……」

她深深地吸一口氣，以流暢的動作伸出手。

「——被選上的夢幻時間♪錯綜複雜的命運奇譚♪」

「妳也要唱歌喔！」

狀態超好的歌曲開頭，瞬間被史坦克吐嘈。

不過這還只是開頭。

之後，史坦克已經不知該如何吐嘈了。

嘩嘩～樂音的洪水迸出。

＊

一回到食酒亭，一行人發表了慣例的評鑑。

寫下夢魔店的感想，好壞以十分滿分來評價。

一貼在酒場的公布欄，興味盎然的客人便一齊聚集過來。

# REVIEW

## 古愛經

| 人類 | 精靈 | 半身人 | 獸人（犬） |
| --- | --- | --- | --- |
| 史坦克 | 傑爾 | 甘丘 | 布魯茲 |
| 5 | 8 | 9 | 0 |
| 小姐的水準很高。可是，總之就是很吵！雖然聽說是以唱歌為賣點的店，可是我沒想到在做的時候也一直唱歌……而且還有伴奏，一大群伴舞女郎衝進來時我實在腦筋轉不過來，整個人呆住了。這樣不但不覺得興奮，反而整個很混亂啊…… | 吵死啦！正在做的時候小姐在耳邊唱歌，所以耳朵有點痛。不過乾闥婆的歌聲本身充滿芳醇的魔力，就像被纏繞般情緒高昂。異常緊實的總排泄孔也很讚，如果歌聲再低迴婉轉一些就無可挑剔了。 | 節奏、旋律以及舞蹈的超豪華組合！情緒高昂的祭典時刻！哎呀，真是太開心了。不愧是高水準的店，小姐的歌聲是一流的！伴舞女郎的動作也很俐落！不過與其說充滿了色情的氛圍，感覺倒像是跳舞爽快地流了一身大汗。不夠淫亂啊。 | 鼻子靈敏的獸人不該踏進這間店的……一進店裡乾闥婆那多種香料的香氣就害我鼻子遭殃了！即使挑了賽蓮族小姐也為時已晚。話說這下換耳朵也遭殃。結果根本沒辦法玩樂，還讓店家擔心了。為了彼此好，身為獸人我不得不嚴格地打分數。 |

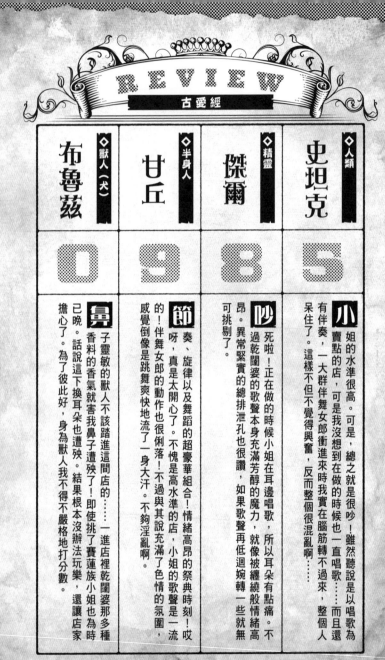

花錢購買抄本的人也不少。

男人都渴望優良夢魔店的資訊。

賣出多少，評鑑家就會收到多少報酬。

「好，有這些錢就能再去夢魔店了。」

「……史坦克，我覺得下次挑有文靜女孩的店比較好。」

「只有這一次我同意傑爾你說的話。」

那歌聲還在史坦克的耳邊縈繞著。他暫時不想再聽到大聲的嬌喘聲了。

甘丘現在依然十分開心，用肩膀輕輕地打節拍。

「你們全都沾上味道了啦……」

布魯茲以悲哀的眼神搓著鼻子。

其他伙伴為了憐恤他，決定請他喝一杯麥酒。

## 第二話

# 喵喵天國，然後……

呃……該說初次見面嗎？

我叫作可利姆維兒。

認識的人也會叫我可利姆，你喜歡怎麼叫都沒關係。

看到我的頭和背部想必就會明白了，是的沒錯。

我是天使。

我頭上的光環和背部的光翼，都不是假造的。

你是第一次見到嗎？

也是啦。原則上，天使並不會降臨到地上。

我是因為出了意外掉下來……

詳細情形……嗯，有點像是天界的企業機密，抱歉我不能說。

然後，我一掉下來就突然遭受怪物襲擊。

我陷入驚慌。

因為天界沒有那麼可怕的怪物，我的天使光環缺了一角，無法發揮出原本的力量。

慘了，死定了，不要啊。啊，洗好的衣服晾著還沒收——像這樣腦子裡亂糟糟的，我發不出聲音只能癱軟在地。

要被吃掉了——就在此時。

咚！不知打哪兒飛來的箭射中怪物的頭。

嗯，我覺得沒造成多大的傷害。因為這隻怪物身軀大到得抬頭看，是頭蓋骨擋住了箭吧。

不過，已經足以阻止牠的動作。

「幹掉牠，史坦克！」

這時傑爾——啊，傑爾是精靈族男性，是非常喜歡夢魔店的色……不，好色，應該說喜歡女人——總之，當時還不認識的傑爾，拿著弓從樹下大聲喊叫。

一道光芒劃過。

在我眼中，那宛如天神賜予的希望之光。

之後，怪物沿著畫出光芒的位置被劈開了。

真是驚人的劍技。

一擊……應該說，以一擊的速度使出兩次斬擊。

怪物當然斃命了。

揮劍的人是史坦克。

這個人也是色……不行，不能把別人講得這麼難聽。畢竟他是我的救命恩人。

事實上，那時在我眼中，兩人是相當出色的勇士。

實際上卻是那樣……不，沒事。

「你不要緊吧，小子……嗯？」

史坦克皺起眉頭目不轉睛地盯著我。

「你是天使？第一次看到。」

「我也是。活了兩百年以上，還是第一次看到。」

史坦克先生和傑爾先生的反應都很冷淡。下界有許多種族混雜，所以對於初次見到的種族覺得稀鬆平常吧。

他們那種沉著的態度，使當時的我感受到英傑的器量。

「到下個城鎮的這段路我就帶你一起走吧。跟上喔。」

他們以不賣人情的冷淡態度，甚至說出了這種話。

我覺得非常不好意思，心想能依賴的只有這兩人了。

「求求你們！一陣子就好，可以讓我待在你們身邊嗎？」

我慌不擇路地請求。

天使光環缺了一角的我，沒辦法回到天界。

不是很懂下界狀況的我，需要能夠依賴的人。

可是，沒想到會變成那樣……

兩人爽快地答應我的要求。
他們甚至說，在光環治好前會全力支持我。
但是有個條件。
「光環治好的話，就帶我們去天界吧！」
為什麼提出這個要求呢？
「天界應該也有風俗店吧……？」
……沒錯。
雖然我三番兩次這麼說，真的對救命恩人很抱歉。
史坦克先生和傑爾先生這兩人，真的是無可救藥，全心全力充滿猥褻慾望的人種。
那兩人竟然期待著會有天使和神在裡面工作的色情店！
很誇張對吧！
而且後來，他們把我帶到城鎮，我……那個，嗯……呃。
嗚嗚，我對不起天界的大家……
我降臨到下界不久，就踏進了夢魔店。
被兩人請客，我進入了尋歡作樂的空間。

想和別人分享喜悅是一種美德喔。

就某方面來說，他們算是脾氣好的人。並不是壞人。

可是。

但是！

竟然帶我這名天使去那種店，發什麼神經啊！

坦白說，我驚慌到連被怪物襲擊的恐懼都已經煙消雲散了。

我頭臉發熱，腦袋一片混亂。

覺得莫名其妙。

附帶一提，我光顧的店是「喵喵天國」。

有許多貓系獸人在店裡工作，喵喵的高亢聲音異常嬌媚，光是聽到聲音，我就害怕得不知

接下來會被如何對待。

「那傢伙是第一次，找個溫柔點的。」

傑爾先生在這方面的顧慮很周全呢。

多虧如此，非常爽快……這種說法感覺對女性有點失禮呢。

不過，接待我的夢魔女郎，真的是很棒的女性……

她的名字叫作咪咪。

是個全身體毛濃密，耳朵和尾巴有條紋的女孩。

她像是在嗅著木天蓼的氣味，表情迷濛。

像貓一樣柔軟地彎曲身子，挺出豐滿的胸部與臀部，光是看了她的模樣，就有一股未知的感覺從胯下湧現。

「我第一次看到天使的客人喵～」

咪咪在極樂室的床上，從身後抱住我。

於是，理所當然地，有柔軟的東西貼著我的背。

軟綿綿的。

因為表面被獸毛覆蓋，所以有點毛絨絨的。

用力一壓，真的很柔軟！

彷彿眾神奇蹟的柔軟與彈力把我的心融化了……

啊，原來我喜歡乳房啊……

不是的，這似乎是一般論！史坦克先生和傑爾先生說，喜歡乳房是本能！否定這點就是否定生物的根源！

……如果我向神請教這個問題，可能會被叱責「不可能有這種事」。

我甚至覺得，那個……

我降臨到地上，果然墮落了吧……

咪咪的乳房非常大。

讓史坦克先生來說，他會說有G或H罩杯。

就連我都硬梆梆的！

不，這種硬梆梆是指全身緊張變得僵硬。

雖然不能否認那邊也變硬了……

「你是第一次來這種店喵？」

光是聽到她這樣問，我就變得語無倫次。

第一次的夢魔店就是那麼刺激。

就近飄來女人甘甜的氣味，兩手摸來摸去，柔軟的肉球、緊貼的乳房、背部感覺到擠壓的乳房，還有肉球和大腿，果然還是乳房。

我滿腦子只有乳房……

「去沖澡喵？」

我已經任人擺布了。具體而言我不清楚做了什麼。只要聽從的話，我覺得就有天國在等著。

神啊，對不起。

然後，真的宛如天國的爽快時間開始了。

在未知的世界，黏滑地，黏糊糊地。

換句話說，我在浴室被洗身體……不，是打著洗身體的名目，用柔軟的肉球被充分愛撫，感覺非常舒服。

「雖然身材纖細卻很柔軟喵～真的好像女孩子……可是，這根是意想不到的壞小孩喵♪」

咪咪吞了好幾次口水，一直說什麼「好驚人」、「難以置信」、「好大」、「壞孩子」或「讓女人哭泣的拷問棒」之類的……

我還不懂男女間的情事，聽到這些以為她是真的在批評，於是抽抽嗒嗒地含著淚。

「我的這根……有那麼糟糕嗎？」

「與其說糟糕，應該說窮凶極惡喵。必須懲罰喵！」

咪咪淘氣地笑了，然後撫上「拷問棒」。

「咦……！」

胯下像是受到電擊，我跳了起來。

被沾滿泡沫的手不斷搓揉，令我全身酥麻，為之顫動……

「啊！咿！咦……咦咦咦？這是什麼？什麼！咿……！」

鬱悶的心情瞬間煙消雲散。我的身體以胯下為中心，被未知的感覺麻痺。

沒有餘裕去理解爽快的感覺。

未知的感覺使我感到混亂，我只是哭著抓住咪咪的胸部。

「呀啊！啊嗯！等等，咪咪等等……！」

「才不等喵～擁有這～種壯觀東西真是太壞了喵～這是所謂的正當防衛，我會稍微拿出實力，做好心理準備喵～」

咪咪堅決進行有點不符常識的特技玩法。

祕技——肉球奶炮整體柔軟包覆。

正好從我的根部到尖端……噢，無法言喻。

只有那招在其他店是體驗不到的。咪咪是貓系所以舌頭很粗糙，不能口交，因此鍛鍊了其他技巧。

我因此全身顫抖——

是的。

我射了。

「呼喵，好驚人……喔～喔～還在射喵～不僅很大，量也很多，完全沒有變軟喵～既然如此，再來一發喵？」

就這樣連射了三發。

黏糊糊的。

我射出的濃稠體液，使咪咪的臉、手和乳房都黏糊糊的。

如果不用專用的洗淨黏液，或許會黏住體毛無法去除，這種液體正是如此黏糊。實在想不到從我的身體竟然會射出那種東西，而且有種奇怪的藥味……

「我很喜歡這種味道喵～」

咪咪用嘴巴玩弄那個黏液。

她用長了倒刺的舌頭反覆玩弄，而且嘴巴張開，可以看到牽出的絲。實在是很色。

「一般是要追加費用的……既然客人是第一次，而且感覺甜甜的很好吃，我就服務到底全部吞下喵。」

咕嘟。

咪咪吞下去了。

把從我身體射出的黏糊糊的東西吞下去了。

「嗯，嗯咕，嗯……噗哈，多謝款待喵。」

穢物全都收下了。

我忍受不了，所以，那個。

之後，又追加一次。在浴池裡射了。

完全停不下來。

爽快到沒有極限。

也許我是因此輕忽大意吧……

我的祕密暴露了。

「哎呀呀～這位客人，該不會是……」

咪咪正在用洗淨黏液清洗我的身體時，她用肉球按壓我那根下面，胯下深邃的地方，然後貓眼為之一亮。

「雖然是男孩，卻是女孩喵？」

……是的。

我們天使是兩性具有。

啊，果然在地上也有留下傳說嗎？

嗯，雖然沒有乳房，不過胯下有女孩的部分。

如果被好色的史坦克先生他們知道的話，或許會被強暴……因為擔心發生這種事，所以我才刻意隱瞞。

「喵呼～？」

我並沒有理解咪咪淘氣眼神代表的意思——

因為是夢魔店，口爆不過是小試身手。

正式過招是來到床上才開始。

「第一次的小男孩只要放鬆就好喵。」

咪咪跨坐在仰躺的我身上。

她的胯下和我那激動到令人害羞的東西合在一起，

咕啾，咕啾——

往入口磨蹭。

——啊啊，接下來重要的東西要被吃了。

——這樣就……回不去了。

多麼朦朦朧朧……不，是焦慮不安吧。總之被熱情的念頭拘束，或許也是疏忽大意。

「嘿喵！」

不顧我的逡巡，突然被吃掉了。

被黏滑溫熱的黏膜包覆，在我理解這意義之前——

哆咻！

感覺已經射出代替問候了。

「嗯，呵，嘿嘿，第一次就這麼有精神，不錯喵～」

咪咪十分高興，我覺得有點得意。

真的很舒服，這是我第一次內射。

可是，我沒有時間慢慢享受餘韻。

「接下來要認真幹喵。」

是叫我要認真幹嗎？正當我像笨蛋一樣思考時，咪咪的真本事毫不留情地臨頭了。

非常驚人的腰部動作。

因為是貓科啊……柔軟的動作毫不間斷。

就像亂搖尾巴般盡情地舞動，從上下到前後，往左右搖擺，咕嚕咕嚕地畫圓。全都是無接縫的動作，我甚至感受到「不讓你休息喔」的氣魄。

我好像明白了被史坦克先生的劍技打倒的怪物的心情。

「啊咿咿！不行！不行！饒了我！呀！啊啊啊……！要射了，要射，射了～～～～！」

第二次的內射也很快。噗咻一下就慘敗了。

現在回想起來，真是爽到令人糊塗……

「嗯～喵呼～還能射這麼多，長得很可愛性慾卻這麼強，真是糟糕的天使喵……」

咪咪心情愉快時似乎有蹭臉頰的習性。被柔軟的獸毛搔癢的感覺使我如痴如醉。再來蹭臉頰的距離感導致胸部壓上來，這種柔軟也很不錯。

不過我太疏忽大意了。正當我完全沉浸在男人的喜悅之中時……

「天使的是怎樣的情形喵？」

被柔軟的毛包覆的棒狀東西，搔弄我女孩子的部分。

是尾巴。

「啊……！」

我發出和之前性質不同的聲音。女性的性交感覺一有反應，就會從鼻子發出喘息聲。

之前的行為使緊閉的肉體之門濕透了。

而且男人的部分沒有變軟，一樣沉在咪咪的泥沼中。

不可能有抵抗的氣力吧。

「啊，不行……！放過那邊，不……！」

「沒～問題喵。我會比男人更溫柔的……」

……好像已經用不著說明了。

就是你想的那樣。

我那一天不只童貞，連處女也喪失了。

被貓的尾巴分開，小心謹慎地推進。

沒有餘裕去感受痛苦。

快樂一步步地侵蝕我的肉棒與小穴。

「啊，啊！啊～！啊啊……！不行————……！」

女孩的部分達到高潮後，男孩的部分也跟著到達。

射了很多。

咻咻地射了。

感覺變成為了高潮而製作的鍊金裝置。

我好歹也是天界的天使啊。

已經沒有臉見天神和同胞了……

「喵呵呵……多謝款待。高潮的表情也很可愛喵，天使小弟。」

咪咪用柔軟的肉球撫摸我的頭。

被她稱讚「你很努力呢」，使我心中的罪惡感稍微減輕。

被汙染的感覺非常強烈。

畢竟我是一名天使。

光環缺了一角無法回到天界，也許反倒正好……

因為還沒治好，當然現在我在地上生活。我在食酒亭這個地方找到服務生的工作，每天賺取日薪。

還有，我在酒場寫夢魔店的評鑑收取報酬。

大致上我的收入不至於讓生活過得辛苦。

至於夢魔店……我也時常光顧。

不，不是啦！基本上都是史坦克先生邀我去的！

憑自己的意志上門……幾乎沒有。因為我和史坦克先生不一樣，胯下並沒有指南針！

還有，女孩的部分，從那之後幾乎沒再用過。

並不是不喜歡……而是兩者都受到刺激時，會有莫名其妙的感覺。雖然舒服卻很羞恥，也很可怕。

所以，來到這間店的時候，起初我也很困惑。

＊

可利姆的話告一段落，等著對方的反應。
這是他第一次把初體驗講給別人聽。
可是對她，當下氣氛使得可利姆不禁想要坦白說出心裡話。
「……這樣啊。」
艾莎以平穩冷靜的語調說，靜靜地撫摸可利姆的肩膀。
他們躺在床上，看著彼此的臉對話。
「你很努力呢。」
「嗯……我很努力。」
「嗯哼。」
手撫過肩膀的動作並沒有特別溫柔。既沒有強加於人的同情，也感受不到想刺激性交感覺的企圖。
只是愛撫著。這反而產生了舒服的感覺。
雖是態度粗魯的夢魔女郎，卻令人感受到不可思議的包容力。

「艾莎小姐……」

鬣狗獸人，艾莎。

個子高、模樣瀟灑，像男人的眼神十分銳利。突出的口鼻也加強了銳角的感覺。

一起光顧這間夢魔店的同行伙伴大概會說：

「和可利姆的喜好差很多。」

然而可利姆的確憑自己的意志選了艾莎。

結果非常正確。

面對艾莎，可利姆內心的「女性」強烈地反應。

尤其現在女性的本能變得比平時更加強烈。

一切都是因為這間店固有的服務內容。

「性別轉換宿屋」。

男性客人喝下藥品轉換性別，享受女性歡愉的夢魔店。

兩性具有的可利姆，則是男性生殖器消失，只剩下女性生殖器。

指名有男人味的小姐，是為了喚醒身為女性的自己。

「放心吧。既然選了我，絕對不會讓你後悔的。」

艾莎在耳邊喃喃細語，用指頭撥弄可利姆的金髮。

他感到心頭一緊。

（怎麼辦……這個人或許真的很不錯。）

如果沒有渾圓的乳房，可能真的會誤認為男性。

不，比起那些男人更好。

兼具女性之美與善於照顧人，多麼完美啊。

可利姆的心不停地悸動。

少女心完全發動。

「來，舌頭伸出來。」

艾莎托住可利姆的臉頰命令他。突如其來的強硬態度，又使他心頭一緊。

「遮……遮樣嗎？」

「乖孩子。」

從嘴唇之間吐出的舌頭，被艾莎的牙齒溫柔地輕咬。

彎曲、柔軟地壓迫，然後用舌尖搔弄。

溫和的麻痺與搔癢使緊張感消除，情慾自然地發熱。

「啊嗚……嗯，欸嗚，啾，啾，咕啾……哈啊。」

可利姆的嘴巴慢慢張大，舌頭擅自開始舞動。

像是揪住般纏上艾莎的長舌頭，發出猥褻的水聲。

啾咕，啾咕，啾啾，咕啾咕啾咕啾。

啁啁，唔啾唔啾，噗啾，咕啾，咕啾。

「很厲害嘛。」

艾莎像是哄著嬉戲的小狗般，接受了可利姆的吻。

她迎擊天使心急的舌頭動作，

有時熟練地閃躲，

或是從正面舔拭。

（舌頭要融化了……好厲害……）

在天界不曾體驗過的快樂。

肯定真的很糟糕。

不過，不經意地撫摸頭和肩膀的手，把可利姆融化成像是沾滿罪惡感的麵粉般。反覆揉搓，用熱氣烘焙，完成膨鬆柔軟剛烤好的性慾麵包。

不，倒是沒有膨脹的那話兒。

反而女性的部分濕了。

「啊啊，怎麼辦……我，我，啊啊……」

可利姆困惑地全身顫抖。

和平時的玩法果然不一樣。

一邊的生殖器不見了，所以感覺集中在女性生殖器上面。

男根勃起後會充滿「我要上了！」這種神祕的氣勢。也會被不像天使的暴力性衝動所擺布。

但女性生殖器會有種妖媚的反應，「呀～我這裡好寂寞好寂寞喲～」令人心中充滿問號。

老實說很害羞。可利姆用兩手遮住臉。

「這樣就好了。我會好好地疼愛你。」

猜中心思的話語太過直接，使可利姆又濕了。

艾莎開始活動身體。

啾咕，迸出水聲——在可利姆的兩腿之間。

「呀，啊啊……！」

「不用害怕。一直插著已經適應了吧？」

艾莎又開始活動身體。她活動的不是手也不是腳，而是腰部。

從她胯下伸出的紅色彎曲棒，卡在可利姆惹人憐愛的私密處。

小雞雞。

鬣狗的雌性長了類似男根的器官。

之前也是前端一直插著進行對話。

在浴室洗完身體，兩人都變乾淨了。附帶一提，那時被用舌頭清理了祕裂。三度達到高潮。

陰核被輕咬時有種升天的感覺，彷彿回到了天界。

移動到床上之後，許多瀟灑的掛慮使可利姆沉醉了。

屢屢覺得好棒……

淺淺地插入進入對話又是一種風雅。

（身體結合後，光是聊天就感到幸福……）

沒有激烈的動作，只有活動身體微微地摩擦。多虧如此，可利姆覺得積在心裡的話全都可以吐出來。

心裡輕鬆後，身體也變得輕盈。

「唔哇……艾莎小姐……」

可利姆任由擺布被推倒。他前後反轉，橫臥背對艾莎。

「我要把你變成我的。」

她從背後緊緊地抱住。

柔軟擠壓的乳房觸感，使人意識到她的性別。她用女人雙手輕柔的動作撫摸可利姆的上臂，甘美的期待令他身體顫抖。

來了——

棒狀發熱的感覺緩慢地通過下腹部。

「啊，啊，啊……！進到裡面了……！」

花時間濕透的祕裂不停地蠕動。他貪婪地渴求鬣狗的雌棒，摩擦感讓他又濕了。

「乖孩子，這麼地熱情。」

「呀，我……好害羞……！」

「我絕對不會停，盡情地害羞吧。」

艾莎這麼說，動作卻很緩慢。並不像所說的那麼強硬，反而讓可利姆有時間自己興奮。

「啊啊，我，我……變得好可怕……！」

愛液的水滴以驚人的氣勢順著大腿流下。他自己也很佩服天使身體內的水分真是驚人，不過這還只是開始。

漸進的那話兒往最深處，

咕嘰。

在搗毀的瞬間，激烈地噴出。

腦袋一片空白，就像射精的氣勢般潮吹了。

「咿，咿咿，啊啊啊……！」

「高潮了嗎？你真的很可愛呢。」

可利姆順從忘我的快樂，盡情地顫抖。

什麼也不想，唯有體驗升天感覺的時間。

艾莎也完全停止腰部的動作，不打擾他的體驗。只有手臂用力，緊緊地抱住可利姆。他們雙手交握，十指緊扣。

再加上——輕咬耳垂。

「啊啊啊！艾莎小姐，艾莎小姐……！」

正因都是女人，那細膩的愛撫使得宛如置身天堂的感覺更持久。

即使開始退潮，滿足感也沒有變淡。

「明白女人的感受了嗎？」

「哇啊……嗯，大概明白了……啊啊，可是……」

情緒稍微冷靜後，多餘的想法便在腦中浮現。

「我大概沒辦法這樣溫柔對待女人……」

可利姆不好意思地發出嘶啞的聲音。

艾莎用鼻尖搔可利姆的臉頰，催他繼續說。

「對於之前服務我的夢魔女郎，我也覺得要溫柔地對待她們……可是，我不像艾莎小姐技巧那麼好。有時候會覺得很莫名其妙，只是忘我地扭腰……」

可利姆心裡明白這是無謂的擔心。

在夢魔店提供服務的人終究是店裡的小姐。客人只要別太過分，自顧自地享受歡愉即可。

但是，天使可利姆設身處地為小姐著想。

既然對方讓自己爽快——那他也要回報對方。

「會稍微激烈一點喔。」

心醉神迷快要平息之時，突然間艾莎這麼說。

「嗯，嗯……沒關係。」

「那就──喝！」

猛力一頂。

「啊嗯！」

身體簡直要跳起般的喜悅穿透可利姆。

私處繼續猛烈撞擊。

「啊嗯，啊嗯，啊啊！啊～！啊啊～！咿啊啊～！」

可利姆發出痛不欲生的聲音，苦悶蕩狂。

多次高潮的祕肉歡喜地接受高速的抽送。

爽快到有點翻白眼。

啪啪，哆啾哆啾，啪啪，哆啾哆啾。

還有點僵硬的年輕肢體沾滿汗水，胯下也沾滿汁液。

天使的體液使艾莎的體毛沾濕，不過她並不在意。

她專心地挺腰讓雌棒來回。

「變得這麼忘我了嗎？」

「嗯唔唔，嗯……！抓住女人的腰，啪啪，啪啪地，啊啊，呀啊啊……！」

「討厭這麼激烈嗎？」

被頂到內側又聽到這種問題，那答案只有一個。
「咿嗯，嗯啊，不討厭……！」
應該說喜歡。
爽得要死，超喜歡的。
對於艾莎有種打從心底喜歡的心情。
「店家的小姐也一樣。客人體貼自己的心情，享受自己身體的心情，都會充分接受樂在其中……這就是優秀的夢魔女郎。」
前後活動稍微變得和緩。
相對的，使用手和嘴巴的愛撫變多了。
用濃密的體毛摩娑。
用濕潤的舌頭舔拭。
用爪牙搔弄。
「啊啊，啊啊，這種心情，是第一次……！」
每一次愛撫僅止於產生酥麻的細微感覺。溫柔地烘出情慾，熬煮肉與神經。
這麼一來，在下腹出入的愉悅感沒有半點不協調地高漲。
突然的快感也不至於讓人無法呼吸。
自己知道正一步一步地爬上階梯，確實地往頂峰邁進。

「我，我……好幸福……！」

可利姆中性的身體向後仰，雙腿也伸直向後彎。

再次因為女人的幸福而升天。

「盡量幸福吧。我會抱緊你的。」

因高潮而顫抖的身體被稍微用力地抱緊。

艾莎軟綿綿的乳房壓在他的背上。

那種柔軟不由得令他安心地想「果然我喜歡胸部啊」，就連平時的自虐式思考都能自然地接受。

因為害羞想憋住聲音的想法也沒有浮現。

「你的聲音不錯呢。」

艾莎有點沙啞的聲音，刺激著可利姆內心的女性本能。

可愛的天使充分體驗了女性的歡愉。

＊

可利姆維兒（天使）　9分

因為身體完全女性化了，心情也變得像女人，為了配合這點所以選了看起來較為帥氣的小姐，實際上受到溫柔的對待讓安心的感覺直湧而上，比起肉體的快感，心靈獲得更多的滿足。也許是因為這樣，完事後帶來的滿足感比其他店還要來得多。
雖然第一次完全女體化的消費有很多不安的地方，但是偶爾能集中感覺在身為女生的那一面也不錯。

這是可利姆對於「性別轉換宿屋」的評鑑。
在之前體驗過的夢魔店之中可說是最高等級。
隨波逐流被當成男人的初體驗也很有衝擊性，不過自己挑選對象，被當成女人的這次體驗又別有一番情趣。
他實際感受到世界真的很寬廣。
（也許這世上還有更厲害的夢魔店。）
可利姆已經完全迷上夢魔女郎了。
即使臉蛋長得像少女，實際上卻和史坦克他們沒兩樣。他的胯下也確實配備了指南針。
而且是肉棒加祕穴的雙重指南針。
與艾莎交合也感覺無謂的內疚感減少了。
「那傢伙還算天使嗎？已經變成墮天使了吧……？」
「竟然選了有小雞雞的鬣狗小姐，他的罪業比我們還深重吧？」

「那根比我們的還要大耶……」

「也許我們孵化了想像不到的怪物的蛋……」

可利姆本人並未察覺史坦克與傑爾對他另眼相看。

他今天也拚命努力地在食酒亭服務。

（存到錢之後又能去夢魔街。）

如果說心裡沒半點不正經的想法，當然是騙人的。

而腳步不穩地走進店裡的犬系獸人打破了日常。

「啊，布魯茲先生，歡迎光臨。」

「……喔。」

布魯茲望著空中，愛睏地揉揉眼睛。因不久前「古愛經」的後遺症，所以老是在搓鼻子。

「可利姆……一杯麥酒。」

「知道了。你的鼻子已經不要緊了嗎？」

「嗯，喔。我都忘了……嗯，原本就是心理問題，只是太在意而已……嗯，轉換心情再加油吧。」

他啪啪地拍打獸毛濃密的臉振作精神。

即使如此他依然沒精神，仍是一臉呆滯。

可利姆迅速地把麥酒端來。

「久等了，麥酒一杯。布魯茲先生，你睡得很好呢。看起來像是睡太多喔。」

他沒說「已經過中午了」。可利姆早就知道酒場的客人與早睡早起是無緣的。

布魯茲淺嚐一口麥酒，舔一下嘴角沾濕的獸毛。

「嗯，當我發覺時已經睡著了，應該說……」

「什麼啊，布魯茲，怎麼露出一張聖人模式的臉。你發現很好的店了嗎？」

「告訴我們啊，布魯茲，我們是朋友吧？」

不良冒險者……不對，史坦克與傑爾露出下流的笑容把臉湊過來。

可利姆也有些興趣，他停下腳步等著布魯茲回答。

「其實，我去見了一面。」

「和誰？」

布魯茲又喝了一口麥酒。

他接著吐出的話，強烈地打中這些男人的指南針。

「都市傳說中的……超越時空的召喚女郎。」

## 第三話

# 蛇怪妹俱樂部

「超越時空的召喚女郎」。

這個外號是廣為人知的都市傳說，不過關於內容卻有各種說法。

有人說，她突然不請自來。

有人說，本來只想玩一小時卻耗上一整天。

有人說，很久以前只見過一次的夢魔女郎以當時的姿態現身。

雖有各種說法，但共通點主要有兩個。

——她會在你睡著時消失得無影無蹤。

完事後忽然覺得愛睏，閉上眼睛，醒來時早已不見人影。雖然恍如一場夢，不過規定的費用確實從錢包裡被拿走了。

命中率一〇〇％——

原本夢魔女郎免不了有好有壞，但是「超越時空的召喚女郎」沒這個問題。當時客人追求的心願一定會正中紅心。即使沒有具體地想像，一旦見了面就會覺得「喔，就是這個」。

這些共通點再加上前述的不可思議要素，便完成一個都市傳說。

「她迎面而來。」

布魯茲在食酒亭的角落說出神奇的經歷。

周圍聚集了史坦克和傑爾等，對夢魔店非常狂熱的伙伴們。

在好奇心與色心的中心，布魯茲一點一點地喝著麥酒。

「當時……老實說我正要去夢魔店。我想要藉由類似種族的體臭讓鼻子恢復，所以目標是獸人專門店。」

獸人專門店品質穩定，而且供需都不少。大家都喜歡毛絨絨的感覺。

另一方面，選項太多常常猶豫也是屢見不鮮。

「我那時在煩惱應該去掛保證的店，還是開發新店家……」

「你選了開發新店家吧？」

史坦克帶著確信笑著說。這是男人的同感。

「嗯，我從平常不太走的小徑繞到後面……」

「可是這種店糟糕的還是不少吧？雖是獸人專門店卻只有裸鼴鼠，沒有毛絨絨的感覺之類的。」

聽了傑爾冷靜的意見，史坦克沉吟了片刻。

沒有體毛，滿是皺紋的裸鼴鼠系獸人是「行家的最愛」。在史坦克身邊大概只有拉彌亞的嗚神才會喜歡。而且是「感覺口感不錯」這種完全出局的意思。

「的確裸鼴鼠的話我不行，不過我還是覺得鼻子能恢復就好了。因為那個氣味，最近我一直睡眠不足……腦袋也昏昏沉沉。」

「的確你一直看起來很愛睏……是因為氣味啊。」

「那個氣味對犬系很要命啊，史坦克……為什麼你們都沒事？」

發牢騷的布魯茲臉上已經沒有睡意。他完全清醒了。

「總之……正好在那個時候。從巷子的另一頭，走來一團豐滿的超棒栗子色獸毛。」

「你豐滿的標準很驚人呢。」

傑爾傻眼地苦笑。

「嗯，是很驚人沒錯。令人誤認為白熊的整體毛量、不輸肉的厚度，厚實下垂的皮膚、還有妖豔的濕鼻子……！」

鼻子濕潤的程度對犬系獸人來說似乎是主要的評價基準。

「我正想著『就是她』，對方便向我搭話，遞了一張名片給我。背面畫了念話用的小型魔法陣——獨自進入情趣旅館，再用名片把她叫出來……」

「等等。是刻意分頭進入旅館再使用名片嗎？」

史坦克舉手提出疑問。因為缺乏召喚服務的經驗，他不太清楚情況。

「好像是業務型態之類的問題。我也不太了解。」

布魯茲隨便敷衍過去。他好像很想講後來發生的事。

「在我的腦子裡，只想把鼻尖伸進豐滿毛絨絨的乳溝，盡情地吸她的體味……我在房間脫掉衣服，其他事姑且不談，總之做了。也吸了。真的是盡情地大吸特吸。就像野外覆蓋天空的雲全都通過鼻子的氣勢般吸了——堵在鼻子深處的香氣……都消除了。噢，心靈彷彿受到洗滌。」

之後大約三十分鐘，他都在熱情地談論氣味。

具體的玩法內容只隨便說了句「普通」。

「普通的爽快。我想要普通的玩法。儘管如此，那是能感受到包容力的服務。我也是太過忘我，最後累到睡著了……」

布魯茲把麥酒一飲而盡，彷彿迸裂般「噗哈」地吐氣。

「醒來後——她已經不見人影。外頭是上午的陽光。我是在中午進入旅館，所以幾乎過了一天。宛如超越時空般……」

「不，那只是你睡眠不足才會睡太久吧？」

「你該不會說，這就證明了都市傳說確有其事吧？」

史坦克和傑爾用懷疑的眼神盯著布魯茲。

「起初我也這麼想。不過，太奇怪了。她留下的香氣沒有沾上身體。通常至少三天都不會消除喔。」

「呃，就算用獸人的標準來講我們也不懂啊。那位小姐根本是你在作夢吧？」

「布魯茲，你真的累了呢……」

「不要用同情的眼神看著我。的確，就算問旅館的人，他們也說沒看見這樣的小姐走進旅館……」

「是作夢吧。」

「幸好是美夢。」

溫暖的目光投向布魯茲。

「不過，服務費用確實被拿走了。」

「是盜賊趁你睡著時偷走了吧？」

「節哀順變啊，布魯茲……」

在殘酷的同情包圍下，布魯茲仍舊不慌不忙。

他從懷中取出一片樹葉。

是一片鮮嫩的嫩葉。

「這是名片。上面有寫店名。」

「不就是葉子嗎？」

「我收下時是四邊形的紙張啊。」

「你真的是睡迷糊了……」

「別用真的很可憐的眼神看著我啦。仔細看這片葉子。」

大家一起用掃興的眼神盯著「名片」。

「啊」，最先發出聲音的人是傑爾。接著天使可利姆和惡魔賽坦，此外具有魔法知識的人也察覺到了。

「怎麼回事？」

史坦克一臉納悶地催促傑爾說明情況。

「魔力的殘渣……有某種魔法刻印的痕跡。」

當下的氣氛完全改變。

原本覺得根本在聽蠢話的看熱鬧的人，探身查看萬分之一的可能性。

「傑爾，這能夠重播嗎？」

「我試試。布魯茲，把它放到桌子上。」

傑爾瞪著樹葉，小聲地唸出咒文，戳。

他用指尖戳樹葉。

間隔兩次呼吸的時間後，嫩葉發出朦朧的光。

表面上浮現魔法的花紋。

傑爾歪著嘴感到困惑。

「這是……什麼魔法？」

周圍的多名魔法好手也歪著頭。

「硬要說的話，像是遙遠國度的術式……不，感覺是相當古老的魔法。」
「那個古老，是就精靈的基準而言嗎？」
史坦克姑且確認一下。
「是啊。應該是我出生更早之前？」
「至少也是三百年前啦。這能夠再發動一次嗎？」
「沒辦法。殘渣太淡了，而且和我知道的魔法體系也差太多了。」
言談間，樹葉的光芒漸漸地消失。
酒場的一隅一片沉默。
由於過於安靜，女侍梅多莉露出疑惑的表情。笨蛋不胡鬧反而令人感到不安。
男人有時也該沉默。
毫無聲響與動作，等著胯下的指南針指示方向。
「一〇〇%命中率的召喚女郎啊……」
史坦克低聲自語。
一般來說是不可能的。應該當成只是個都市傳說看待。就連號稱掛保證的精靈專門店，也有態度惡劣的糟糕小姐。
可是——假如現實中真的存在。
假如絕對能讓人滿足的小姐確定會出現。

「……值得調查看看。」

史坦克等人開始行動。

情趣旅館的老闆娘是個一臉屎面的人。

一知道史坦克不是客人，眉毛與八字嘴周圍就皺起深深的皺紋。不想扯上麻煩的意思清楚可見。

「可以告訴我嗎，大姊？」

雖然想說大嬸，不，應該叫她阿婆，不過史坦克仍堆起笑臉忍住了。

這時他使出必殺賄賂技。

他手裡握著可以買兩天份香菸的錢，老闆娘臉上的皺紋稍微變淺了。

「從昨天中午有個犬系獸人的客人投宿了一整天吧？」

「喔，那個呆呆的獸人啊，我記得。獨自來我們旅館又獨自離開，算是很少見呢。」

「在那前後有身材勻稱的獸人小姐出入嗎？」

「沒有。也沒有使用召喚魔法的跡象。」

老闆娘敲打了壁掛的房間表。每間房間都有紅色藍色的小光點亮著。大概是藉由魔法顯示使用者的機關吧。

（布魯茲那傢伙果然是在作夢吧……？）

史坦克正感到洩氣時，老闆娘「啊」地張大嘴巴。

「這麼一說，那個客人投宿的時候顯示綠色光點呢。」

「綠色光點？藍色是男性，紅色是女性吧？換句話說……雙性？」

偶爾也有這種種族。像是蛞蝓系之類的。前些日子可利姆在性別轉換宿屋指名的小姐也是配備那話兒的雌性生物。老實說令他嚇到縮陽。

「綠色表示使用了安全的魔法。變成紫色則是危險。」

「換句話說，並非召喚魔法嘍？」

「那就會紅色與藍色一起顯示。不過那個時候只有顯示獸人的藍色。多半是使用了魔法自慰套吧？」

「魔法自慰套很爽呢……」

藉由魔法活動的模擬女性生殖器魔法自慰套，比一般的小姐感覺更爽快。

也可以解釋成布魯茲被施了催眠魔法，把魔法自慰套當成了女人。

史坦克無法釋然，離開了情趣旅館。

（至少布魯茲本身不會使用魔法。）

布魯茲是擅長空手肉搏戰的硬派格鬥家。難以想像他刻意隱瞞會使用魔法的事。

果然在情趣旅館發生了什麼事。

例如，名片變成魔法自慰套之類的。

被迷惑的布魯茲把魔法自慰套當成絕世美女（獸人觀點），一整天氣喘吁吁地幹勁十足。

最後把錢塞進魔法自慰套，傳送給術者——

雖然試著想像這樣的流程，但這根本是惡質的詐欺。

「嗯，再調查一下吧。」

史坦克不急於下結論，在街上四處走走。

布魯茲遇見那位小姐的那條路，距離食酒亭並不遠。那邊有他們常去的店家，認識的人也不少。

「嗯？布魯茲睡得迷迷糊糊的晃來晃去喔。」

「那個狗臉的喝太多酒了吧？」

「喂，史坦克，前幾天給你一根香菸要還我五倍。要算利息啊，利息。」

「前一陣子的評鑑你在寫什麼東西啊？害我滿心期待，結果踩雷啦！」

「欸欸，史坦克，我們店可以僱用可利姆嗎？很多客人對那種男孩子有需求……欸，別走啦。」

「欸欸，史坦克，你要不要在我們店裡工作？像你這種男人可以打動極少部分的狂熱者喔。沒問題的，你只要當攻就好了……」

雖然完全沒收集到情報，不過史坦克沒有放棄。

如果每次落空就感到洩氣，那就當不成夢魔店恩客了。

而且用腳收集情報從以前就是定論。假如有承接過尋人委託的經驗，這種感覺早就深入骨髓。

尤其史坦克並非獸人或魔法師，而是人類劍士。既然沒辦法追尋魔力的痕跡或體味的途徑，就只能問人了。

「順便來找不錯的店吧。」

雖然當前的目標是「超越時空的召喚女郎」，不過那個暫且不談。尋求還沒看過的優良店的心，總是劇烈地跳動著。

一踏上夢魔街，沒精神的眼睛就毫不遺漏地捕捉許多招牌。

「獻上寂靜的療癒──森之泉」。

從廣告標語和商號來看，應該是精靈，不，是寧芙店吧？打個勾。

「多少皆可──複乳天堂」。

複乳獸人專門店。有點興趣。

「長鼻長牙妹等著您──巨牙舖」。

大象。相當於食人魔的身高加上相當於食人魔的肉體。我的大象說它沒辦法。

「半獸人妻的豐滿服務──熟熟塾」。

我的大象說，半獸人基準的豐滿沒辦法接受啦。

「一起玩吧──戀父陽知園」。

似乎是半身人專門店。多次品味巨乳之後可以穿插這道小菜。

「堅硬甲殼，豐富泡沫──泡姬雙V樂園」。

螃蟹？螃蟹啊……比起性慾更引起食慾。

「一旦踏入，便無法逃離──咒麗館」。

字體異常可怕。這能招攬到顧客嗎？

「用鼻子走路的淫蕩集團──哈伊阿伊」。

什麼店啊？

「今宵未確認女郎向你飄落──神祕圓圈。」

所以說是什麼店啊？

「錯過的店也不少呢……我太嫩了。」

史坦克老實地接受自己不周到之處。由於平時經常光顧特定店家，或許因此不容易看見其他店家。

現在正在調查不特定的對象。所以心裡已準備好接受許許多多的情報。

反過來說，胯下的指南針並不確定。

棒棒下垂搖晃。

照這個情形持續落空晃到晚上，的確會累積一些疲勞。

「嗨，史坦克，情況如何？」

傑爾從道路的對面揮手。他的眼神比平常多了三分凶惡。

「我這邊毫無頭緒。你有追蹤到魔力的痕跡嗎？」

「沒辦法啦。有魔力的足跡和魔法的跡象太多了，完全搞不清楚。就像在母乳專門店點了綜合乳飲，然後叫人說出特定女孩的乳味。」

「雖然這個比喻很糟糕，不過我懂你的意思。畢竟是在這種地方。」

充滿許多種族的這個世界，夢魔街尤其混沌。不僅有人類的魔術師或精靈，魔力強的種族是不勝枚舉，來自魔界的惡魔也不稀奇。傑爾的指南針也失常了。

兩人當場交換了情報，不過等於毫無成果。

頂多知道在布魯茲投宿的房間裡發動了某種魔法。

其他調查成員也來會合，可是並沒有新情報。

「才調查第一天，耐心地進行吧。」

史坦克宣布再接再厲。

「不過……還有一個問題。」

「嗯，是啊。」

「的確是。」

傑爾和鳴神表示同意，可利姆移開視線裝傻。

「……看了那麼多店，就蠢蠢欲動呢。」

大家果然生來就是男人。

他們屬意的店名是「蛇怪妹俱樂部」。

這群男人徬徨的指南針慢慢地指示。

除了拉彌亞族的鳴神，這是沒半個人體驗過的未知領域。

「蛇怪專門店……的確有點緊張呢。」

史坦克抖擻精神。

雖然有許多智慧種族，不過她們的名字相較於稀少性，反而廣為人知。比起龍族大多身材短小，不過威脅性絕對沒有比較低。

蛇怪——蜥蜴系爬蟲人的稀少種。

至於有多麼稀少，至少史坦克在街上從未見過。

值得一提的是危險性。蛇怪會吐出有毒氣體，並且具有能夠石化對象的邪視。如果不具備抗性，別說接觸，連接近都不推薦。

「真……真的沒問題嗎……？」

可利姆厚臉皮地加入，現在才心生恐懼。

「我施展輔助咒文就不會死了吧。」

「小姐是毒系或詛咒系的時候就得靠傑爾了……」

用傑爾的輔助咒文提升抗性，就算危險的小姐也能上。當然有其限度，極富盛名的蛇怪不保證還在限度內。

躊躇的感覺在店門口蔓延。

「喂，你們看。」

嗚神用彎曲的食指敲打店的招牌。

——毒性任君挑選！十階段指定系統！

——石化的邪視就用魔力眼鏡來中和！（※可以摘下）

「經營了數百年的老店，當然會採取對策啊。」

「好，進去吧！」

這群男人踏進了全新的境地。

男侍在櫃檯搓著手歡迎來客。他不是蛇怪，而是人類。

「歡迎光臨！今天您要找哪種小姐呢？」

「當然是蛇怪妹吧……講實在的，毒和邪視要怎麼辦？」

史坦克直截了當地詢問。

「管理當然很周到！毒之吐息用特製藥水能調整成喜歡的強度，邪視藉由大魔導師迪米亞開發的魔力眼鏡也能完全排除！證據就是——來，請看！我這麼健康的身體！」

男侍以畢恭畢敬的動作把身子挺直。動作十分俐落，臉色健康到讓人有點煩躁。人類這種種族對於各種毒性並沒有特別強的抗性，也沒有特別弱的抗性。當成基準算是剛剛好。

「嗯，實際上……」

男侍突然手刀湊到嘴邊悄聲說：

「大約四百年前，曾經接受過行政指導……因為客人相繼倒下，所以被督導了。」

「這當然會挨罵啊……」

「沒有被勒令停業才奇怪吧……」

「若是遠古的魔王政權時代，說不定會受到時空封印級別的處罰。」

「但是！」男侍扯開嗓門喊叫。

「多虧如此，現在重生為連身為人類的我都能擔任男侍的安全第一優良店！請放輕鬆享受吧！」

他們打開了夢魔女郎名簿。

一字排開的蛇怪妹——全都戴著眼鏡。

「嗯，雖然知道，不過果然都戴著眼鏡呢……」

「我很喜歡眼鏡喔。有智慧的感覺能打動我的心。」

順著傑爾的目光，他似乎在搜尋成熟的類型。

智慧成熟的女性狂蕩的姿態確實能打動人心。

「我想選盡量溫柔一點的人。」

可利姆的聲音還有點緊張。正因為對於毒和邪視有所警戒，才想說至少要找柔和一點的小姐。

「果然得看鱗片的光澤和尾巴的尺寸……比起長度，今天就以粗細為基準。」

嗚神選了基於拉彌亞的獨特路線。

「在評鑑方面我最好也挑選和你不重複的類型……啊，傑爾你這傢伙，若無其事地選了胸部最大的小姐。」

「決定先下手為強這條規則的人是史坦克吧？」

傑爾露出賊笑。再加上精靈的俊俏臉蛋，真是討人厭。鬱悶啊。

「我要讓你輸到叫不敢……」

「喔～喔～加油啊，史坦克小弟。」

史坦克瞪大眼睛凝視著小姐的簡介欄。

大奶在哪裡？讓傑爾懊悔的大奶在哪裡？

他的目光在名簿上到處掃射。用目光舔盡所有名簿上的小姐。

眼睛像盤子一樣——不，像乳房一樣睜大搜尋著。

「唔，該死。果然傑爾選的是胸部最大的……」

傑爾選的眼睛明亮有神的知性美人的胸部是G罩杯。

G是打動巨根的G。

胯下巨大的G。

可是卻沒看到相同罩杯的蛇怪妹。

倒是有數字稍微大一點的人。但那是所謂的度量尺寸。那只是表示從胸部到背部厚度的無聊數字。從頂部到下面量出的尺寸以2.5公分的刻度表示的字母——罩杯尺寸才是乳房。

名簿上沒看到其他的G，或是H以上的小姐。

「而且傑爾這小子挑中的，連身高都是最高的一六八……嘖！」

「你很喜歡高挑美人呢，史坦克……」

「不，可利姆，我就算小隻女也行喔。不過，通常身材高挑腿就會很修長，所以自然會被吸引目光。」

「要囉嗦到什麼時候啊，史坦克？」

被傑爾戳中痛處的史坦克閉上嘴。

與其無謂地冗長說明，相信胯下的指南針立即決定才是自己的風格。可是今天，也許是因為調查任務才會出現迷惘的毛病。

「唔……人生宛如追求奶子在迷宮裡徘徊……」

「史坦克，不要慾火焚身到說出奇怪的話。」

「所以說看看鱗片啊，鱗片。抱起來的感覺不一樣喔。」

「就像自豪的劍技那樣敏銳地決定吧，史坦克。劍鈍了嗎，史坦克？喝！兩斷兩斷，一刀兩斷♪」

傑爾煩死人了。

（這種時候要反向思考。）

史坦克閉上眼睛，深呼吸轉換心情。

然後，在眼皮打開的同時發現——正好眼前是可利姆。看到他的身影，史坦克想到起死回生的一步。

「……？怎麼了？」

「不，對了。重點是落差。」

正因持續迷惘，才能發現小小的希望就在眼前。

「我選這個F罩杯的莉琪。」

「喔，F也可以啊？好好地疼愛她喔，史坦克。」

傑爾真的煩死人了。

蛇怪的特性是邪視與毒之吐息，容貌則強烈表現出蜥蜴的特徵。

看到被鱗片覆蓋的手腳與長尾巴便一目了然。

和其他蜥蜴系種族明顯區隔之處是王冠。

正確地說，是王冠狀聳立的頭冠。

「這位客人，那個……我是莉琪。請多指教。」

一進入極樂室，史坦克往下便看到王冠。

王冠底下是有光澤的綠髮。

此外再往下，是隔著眼鏡朝上看的目光。

莉琪是美少女系小姐，她很適合穿荷葉邊較多的可愛睡袍。

「喔，請多指教，莉琪。」

「你好……那個，我會努力的，嗯。」

結結巴巴的語調是刻意營造角色嗎，還是原本就個性內向？

她害羞地縮起肩膀，就算沒有，她的肩膀寬度也很狹窄。

雖然個子嬌小，四肢卻苗條細長。並非不健康的瘦削，而是年輕人特有充滿嬌嫩感的苗條體型。覆蓋手腳的綠鱗有著閃亮的光澤，那也是年輕的證據吧。

（不過……！不只是年輕！）

史坦克凝視著一點。

童顏與細腰的中間地帶。

豐滿有彈性的並列雙球。

充滿年輕氣息的F罩杯配合莉琪的身體動作微微震動。

「真不錯，是我期待的奶子，嘿嘿。」

雖說是Ｆ，外觀的衝擊性並不亞於Ｇ。

因為基座是短身瘦軀。

雖然罩杯表示乳房的尺寸，不過外觀的分量感是由基座與乳房的差距來決定。如果是肌肉發達的亞馬遜人，就算有Ｆ罩杯，看起來也一定像貧乳。

（幫了我大忙啊，可利姆。）

這就是看到一副少年樣的巨根天使所想到的逆轉一擊。

「你喜歡……胸部嗎？」

「那當然，這可是男人無法逃脫的宿命。」

「那……那個，嗯，請。」

莉琪羞怯地握住史坦克的雙手。

不料，她一口氣把手拉到乳房。

「喔，沒想到很大膽……！這種反差我不討厭喔！」

史坦克毫不客氣地連同睡袍一起揉揉。

無法一手掌握的鬆軟有彈性的感覺，的確是Ｆ。

儘管如此，肌膚不只有張力，中心還有點硬度。

能感受到年輕的巨乳——具有稀有感且迷人。

「嗯……啊啊……客人，客人……」

幾乎聽不見的喘息聲也很可愛，摩娑史坦克雙手的手指也惹人憐愛。手掌上長滿堅硬鱗片的觸感，和乳房對照之下顯得冰冷堅硬。但是並不會討厭。反而像是發熱的皮膚貼在大理石上十分爽快。

（這種的果然能點燃慾火。）

夢魔店的妙趣正是享受每個種族的特性。

可說是追求自己沒有的特質。

也許和追求乳房的根本原因相同。畢竟男人沒有奶子。

「客人……我變得好熱……」

莉琪踮起腳把手繞在史坦克的脖子上。

從微微張開的嘴巴飄散出淡淡香甜的氣味。蛇怪固有的吐息散發著人類身上聞不到的香氣──聞到後大腦會漸漸地融化。

神經發熱，下腹不停地搏動。

「喔，喔，馬上來啦……！」

毒性侵襲史坦克的身體。

充滿的不是痛苦與恐懼，而是興奮與痲癢。

正覺得毛孔縮小起雞皮疙瘩，卻又大大地張開噴出汗水。

（第3段的毒性這麼強啊……！）

藥量過多會是劇毒，但反之亦然。蛇怪妹俱樂部把毒之吐息當成一種春藥使用。

推薦給健康正常人類的毒性最大值是第三階段。超過之後無論出現多麼不良的影響，都不得索求任何賠償。這在簽下的切結書上面已清楚說明。

「如何……我的氣味，很奇怪嗎？」

「不，很香啊……我頭暈了。」

史坦克開始覺得有點不妙。

愈聞心情愈好，眼中映出的莉琪的美少女指數不斷上昇。

尤其散發香氣的嘴巴令人忍俊不住。

「接吻要另外收費嗎？」

「不，這在一般服務的範圍內……不過，我需要一點心理準備……」

「我要親了。」

史坦克不再多說，覆上嘴唇。

說話時不太張開的嘴巴被舌頭強行推開。就像強迫未成熟的花蕾開花般，有種不道德的興奮感。

「呼啊……嗯嗯，欸啾……」

他毫不客氣地纏繞害怕縮起的舌頭，輕輕地吸吮唾液。

（喔，甜甜的。）

調整過的毒的香味像水果酒般溫和地包覆舌頭。吞下吸吮的唾液宛如蒸餾酒般喉嚨灼熱。接著臉部泛紅，情緒亢奮。

酩酊大醉的史坦克耽於深吻。

啾啪啾啪，啾咕啾咕地品嚐。

雖說接吻很美妙，搓奶的手並未停止。桃色的尖端像鱗片般變硬後，接下來重點式責弄。

用指腹摩擦、捏、擰、掐，再用指甲搔。

「嗯……！啊啾，嗯唔，嗯嗯嗯，啊啊……！」

莉琪愈來愈蜷縮，不過呻吟聲開始急速地帶有熱氣。

感覺她也沒有縮回舌頭，所以並不討厭吧。

——真的討厭的話，王冠會紅腫。這就表示ＮＧ。

男侍是這麼說的。

接吻時看不到頭，所以暫且離開嘴巴。口水絲連接兩人的舌頭。像是追上般莉琪的舌頭跳到嘴巴外。

「啊……」

莉琪害羞地縮回舌頭。王冠型的頭冠和進房間時沒兩樣。

「客人的吻……有香菸的味道呢。」

忸忸怩怩的蛇怪妹太可愛啦。令人慾火焚身。

「莉琪的吻甜甜的喔。因為太甜了，我腦子裡變成粉紅色了……喔，哦？咦？」

史坦克一直眨眼睛。

與其說腦子裡，整個房間都染成粉紅色。

就像包圍莉琪般，桃色氣體輕輕搖曳。

每次呼吸氣體的顏色就變得更濃，腦袋與胯下同時脈動。

「喔喔，這也是毒性的效果嗎！厲害，太神啦，腦子都生氣勃勃地硬啦！」

「嗯，太好了……你好像很開心。」

「雖然開心，但老實說有點可怕！」

感覺自己變得不像自己。

閃閃發光的莉琪在染上淫亂色彩的世界中心。

莉琪，喔，莉琪。

靦腆窈窕卻胸部豐滿的煽情浪女。

閃亮鱗片也想引誘男人，十分色情。

看到她眼睛羞怯地向上看的舉止，史坦克實在止不住爆發的情感。

「我好想欺負妳，可以嗎？」

「為什麼大家都這麼說……？不過，得先去洗澡。」

「妳希望在浴室裡被欺負啊？莉琪。我懂了，走吧。莉琪，我會讓妳充分地見識人間的天

國。」

「是由我幫你洗身體耶……」

史坦克拉著她纖細的手走向浴室。

莉琪出身於北方的貧寒鄉村。

那裡是農作物沒辦法好好地生長的貧瘠土地。

夏季很短，冬季積雪的銀色世界。

男人努力狩獵，女人勤奮地加工毛皮。

曾祖父母那一代移居到這塊土地。此外，雖然曾祖母是蛇怪，不過一族並沒有繼承有毒種的血脈。

直到隔代遺傳的莉琪長著鱗片出生為止。

祖父是富裕的地主，所以算是幸運。他請鄰村的魔術師製作封住邪視的眼鏡，煎煮中和毒之吐息的藥，經濟上有充分的餘裕。

可是，只有對抗寒冷顯得力不從心。

蛇怪是冷血動物，含有大量的蜥蜴要素。

就算披上毛皮放上懷爐，還是覺得很冷。

因為穿太多層，還被青梅竹馬調侃成「臃腫莉琪」。

那是個各方面都愛捉弄人的男孩。
不過莉琪並不討厭他，她記得自己總是追逐他的背影。
「與其說不討厭，該不會是喜歡他吧？」
史坦克壞心眼地問道。
他在浴室的墊子上從後面緊緊抱住莉琪，來回撫摸整個身體。
洗淨黏液的泡沫沾滿全身，他享受著與平時相反的服務立場。
「說嘛說嘛，是喜歡吧？」
「啊，那個，啊嗯，啊啊，那個……嗯嗯！」
「不說清楚就要使出必殺乳頭扭轉雙重極限喔。」
「啊啊，喜……喜歡，啊……！」
每次虐待式地搖晃，莉琪的身體都明顯地顫抖。
正如她的自白，體溫略低一些，不過裸體緊貼時男人的溫暖使得她全身鬆弛。嘴巴也鬆開，稍微責弄一下就能任意盤問。
頭冠也沒有腫起的樣子，所以不用客氣。
「瞧，怎麼啦？小姐怎麼能接受客人的服務呢？」
「呀……啊，客人，不行……！」
「這裡嗎？這裡很爽嗎？我摳。」

不管觸碰哪裡都敏感度良好。

細長的肢體加上豐滿的乳房，小巧卻帶有圓弧的臀部。

最後就連被鱗片包覆的手腳，一被撫摸就會突然震一下。

「這個淫蕩蛇怪妹，那個男孩有對妳做過這種事嗎？有嗎？」

「咿嗯嗯嗯……！有……有做一點點……！」

「果然第一次給了那個男孩嗎？」

「不，那個……是旅行商人大叔。」

出乎預料的背德回答令史坦克倒吸一口氣。太興奮了。

「明明長得這麼可愛，又有喜歡的男孩，竟然和大叔做了。」

「我的村子比較有……自由性行為的風氣……」

常聽到一種說法，鄉下最簡單的娛樂就是做愛。

話雖如此，就算喜歡軟弱清秀的少女，可是竟然把貞潔獻給大叔。雖然從青梅竹馬的立場來思考令人氣憤，但是站在大叔的立場則是超爽的。在第三者眼中則認為「莉琪真的很色，咕嘿嘿」。

「而且，以我的體質做了的話，不知道對方會不會有問題……」

「大叔是白老鼠啊？」

「為了弄清楚中和藥的劑量，找了四個人實驗……啊，我沒有殺掉他們！沒有人死掉，而且和他做愛時很完美！」

「該不會妳其實相當大膽？」

「哪會……反正，我是樸素冒失的臃腫莉琪。」

果然是刻意營造角色吧？史坦克沒有白目到對夢魔店小姐的演技吹毛求疵。

他重振精神，把手指插入祕裂。沒有卡住。愛液已經橫溢到滴到大腿。

「嗯啊，咿嗚……啊嗚！」

「所以，和那位青梅竹馬是在哪種情境下做的？」

「嗯，祭典那天，在森林的樹蔭……唔咿！」

「第一次就打野炮啊？從以前就是下流的女孩呢，莉琪。」

嚕啵嚕啵地進進出出。

蜜壺內溫度也比較低，但是卻尋求溫暖貪婪地纏住。

「是用哪種體位，餵飽這張貪吃的嘴巴？」

「嗯，嗯嗯，啊啊，討厭……！」

「因為是喜歡的男孩，所以記得很清楚吧？」

呼哧，莉琪發出嬌喘聲。

噗滋，肉穴開心地增加汁液。

也許是刻意營造角色，不過肯定有M屬性。

「喏，說啊。」

史坦克用有點粗魯的語調說，柔壺愈來愈濕。

「嗯，一開始是手扶著樹，想要從後面來……可是尾巴很礙事，因此他盤腿坐在地上，並且……」

「以對面坐位抽插嗎？」

「嗯……」

「很爽嗎？」

「嗯……」

「一直親吻嗎？」

對話卡住約兩次呼吸的時間。

回答的聲音或許有些沉重。

「親吻……他好像很怕中毒，所以沒親。」

「這樣啊。這種事沒做過啊。」

史坦克有些強迫地抓住她的臉，讓她轉向一邊吸著嘴巴。一纏上她的舌頭，就像回敬般穴肉纏住手指。這是爽到受不了的反應。當然毒性的甜味也健在。

（這時應該瞄準……這裡！）

徹底地沾滿泡沫來回撫摸，已經非常了解她的弱點。

他用空出的手揉搓特別長的綠色尾巴。

「啊嗚！嗯唔唔……啊啊！」

「哎呀～尾巴被用力搓的反應不錯呢。長～尾巴這樣搏動，宛如男人的那個呢。」

「太……太過分了……這是我自豪的尾巴耶……！」

「這是稱讚喔。色色的是好事喔，淫蕩的莉琪。」

情緒亢奮時不知為何變成下流的大叔口吻。自己也覺得很奇怪，不過這恐怕是男人的宿命。傑爾也說會變成這樣。

「瞧，要搓●●嘍。」

「是尾巴吧？你確實是指尾巴吧？咿嗚嗚！」

史坦克舉起尾巴，用雙手搓洗前端。

也許是因為洗淨黏液起泡，非常滑溜。鱗片如水晶般光滑。肉質較硬，簡直像勃起的●●。稍微用力緊握，莉琪的翻騰也變得激烈。

「那位青梅竹馬連尾巴也疼愛了嗎？」

「感……感覺沒想到那回事……！只有一般人類的做愛，咿啊，嗯嗯嗯，不行，不行不行，要去，要去了……！」

「喔，已經高潮了嗎？要高潮了嗎？高潮得有多高啊？」

「嗯，差不多三四樓那麼高吧。」

「不要冷靜地講逗哏啊，莉琪！喝啊！」

「啊咿！尾巴要高潮了～！」

莉琪的背蹭在史坦克的胸膛上不斷痙攣。尾巴變硬纏住史坦克的手臂。稍微用力勒緊，有種宛如高潮的感覺。

一段時間之後，浴室充滿了甘甜的氣味。是毒之吐息的氣味吧。史坦克看了正面的鏡子一眼，她的嘴巴放蕩地半開流著口水。

「青梅竹馬有讓妳這樣高潮嗎？」

「連一次高潮……也沒有。」

「太可憐了。今天要高潮很多次喔。」

史坦克以親吻、尾巴和陰道的三點責弄，追加了兩次高潮。

另外，據說青梅竹馬和其他村莊的女孩結婚了。

莉琪在那之後離開村莊。

（雖然不保證這些話是否屬實。）

畢竟也可能是炒熱氣氛的胡說八道。

不過，看她沾滿泡沫精疲力竭的模樣，不像是能說謊的狀態。

更不像是藉由毒和邪視散布死亡的魔性生物。

縱使是蛇怪，女孩子就是女孩子。

「好戲才正要開始喔，來吧。」

史坦克非常高興地抱起她。不過——體重沒有輕到能輕易地公主抱。因為多了尾巴，所以比人類女性還要重。

（糟糕，差點閃到腰。）

千鈞一髮的危機令心緒略微清醒，但也只是一瞬間。在手臂中蜷曲的莉琪嘆一口氣之前。

「客人真的很有男子氣概呢……」

莉琪臉頰泛紅說道。

從嘴裡溢出的甘甜毒之吐息，再次喚醒男性的本能。

「欺負可愛女孩是男人的本願，嘿嘿。」

在夢魔店讓女孩引導是基本，不過這次算是例外。

莉琪有種刺激施虐心的氣質。也許這也是毒之吐息的緣故，無論如何都令人情緒高漲。

把她放到床上後，史坦克馬上展開行動。

「趴著把屁股朝向這邊。」

他趾高氣揚地說，啪地對臀部打了一巴掌。

「啊嗯！」

莉琪發出嬌滴滴的叫聲，老實地把臀部轉過來。臀部的肉本身並不豐滿，不過比起纖細的蛇腰，顯得豐腴飽滿。似乎在誘惑人：「請盡情地擺腰撞擊吧！」火燙的羞紅也是引誘雄性的色彩。

「請溫柔一點喔……客人。」

「我拒絕！」

「嗚，好過分。」

明明就很期待，還敢說。

史坦克有點粗魯地抓住興奮得左右搖擺的尾巴。

「呀嗯！」

看吧，果然聲音嬌滴滴的。

「初體驗時尾巴似乎很礙事，不過碰到我則是這樣！」

他用一隻手把粗尾巴掀到正上方。

只是挪到左右會很礙事，而且這個角度必須一直支撐尾巴。對於處男少年或許很困難，不過（為了夢魔店）越過許多絕境的劍士幹勁可不一樣。

「喔，被尾巴拉扯，胯下都被拉開了。可以很～清楚地看到淫穴，妳現在心情如何呢？」

「羞……羞死人了……！」

「嗯嗯，蛇怪有兩個小穴啊。」

「唔，看得那麼仔細……因為是爬蟲類系，並非都是總排泄孔……」

現在比起後面的窄洞，更注意前面的裂縫。

充分洩出的愛液，使得取代陰毛而分布的小小鱗片發出光澤。順從引誘男人的光澤，史坦克挺進腰部。

「上啊上啊，看招！」

他滋噗地用力挺進，莉琪的尾巴歡喜地發抖。

「啊啊啊啊……突然就插進深處……！」

「明明就很喜歡。莉琪根本就是浪女。」

「好過分，好過分……！」

「真正過分的才正要開始！」

史坦克壞心眼全開，開始擺動腰部。

視野刻意移開模糊焦點。並非看著一點，而是以望著遠方的要領掌握莉琪全身的動作。然後感覺集中在肉棒上。哪邊是弱點？怎樣刺激才有效？藉由那話兒的感覺仔細看清。

（和持劍戰鬥時做的事情沒兩樣。）

大致觀察敵人的動作，細微的變化則藉由互擊的劍感受。冰冷的劍能做到的事，肉劍不可能做不到。

「莉琪的弱點是腹側的肉粒！」

「咦？騙人，嗯啊！去了～！」

秒殺。尾巴不停地顫抖。

不過還沒結束。

「然後對著最裡面按著轉！」

「等……等等，又去了～！」

「高潮後敏感度提升時，集中逗弄入口的堅硬處應該也有效！」

「去了！去了去了去了～！」

「接著再追擊！用力頂——只是假動作！拍打屁股！」

「嗯喔喔喔！有感覺！有感覺～～～～！」

「對著尾巴！啃咬！」

「啊欸咿咿咿咿咿～！」

「然後現在使出必殺全力抽送！喝啊啊啊！」

「喔欸咿咿咿咿咿咿咿咿咿～！」

正如史坦克預料，莉琪吐出紊亂的氣息。

纖細的身軀顫抖，軟奶彈跳，來自背後的責弄使她為之狂舞。

尾巴是弱點一事已經在浴室確認過。為了啃咬逗弄，也把尾巴抬起來。一切都盤算好了。

當然也沒忘了確認王冠的腫脹情況。莉琪不但不討厭，甚至快樂地接受高潮地獄。

「啊咿，咿，咿嗯，啊啊啊……我，已經，不行了……！」

高潮絕頂的連鎖使莉琪的祕肉如燉菜般融化。更加柔軟，纏住的壓力也比當初還要強。

「我也差不多該來一發了……」
「啊……啊啊，現在射的話，我真的……！」
「只會很爽吧？死心吧！」
「啊咿咿嗯！」
腰部前後擺動。只是這樣簡單的動作也沒關係。史坦克和莉琪的肉慾都高漲到不需要小伎倆的領域。
（讓她高潮這麼多次了，就算射一次也確定是我贏了！）
雖然沒有所謂的勝負，今天被挑起的好色鬥爭心卻異常旺盛。
每當下腹往軟臀撞擊時，感覺就像對獵物予以痛擊。
持劍痛擊敵人般用力插。
一味地胡亂突刺。
不斷地突刺。
「啊啊啊，客人，客人客人，啊啊啊啊……！」
莉琪的身體再次開始痙攣。
史坦克的兩腿之間也充滿了無比爽快的酥麻。
「好，好～接招吧！我最強的一擊！」
「我興奮得在說什麼啊？」這一絲疑問也立刻煙消雲散。

咻嚕嚕地射了。

咻～地噴出粘糊糊的東西，解放感使得肉棒顫抖。

「咿啊啊，射了好多……！射在裡頭，要滿出來了……咿嗯嗯嗯嗯，又高潮了～～～～～～～～～～～～～！」

莉琪單薄的背部向後彎。豐滿的胸部彈跳，尾巴緊繃。

還有什麼比男女同時達到高潮更幸福的事呢？超越客人與小姐事務性的關係，甚至超越種族的隔閡，有一種觸及靈魂的錯覺。

尤其這次勝利感十分強烈。

「我贏了～我好強～」的心情很強烈。史坦克得意洋洋。

「啊咿，咿，咿，要死了，我，要死了……！」

反之莉琪臉朝下躺在床上無法繼續。一副敗者模樣的可悲姿勢，臀部抬起繼續插著肉劍。尾巴摩擦著史坦克的手臂，蜜穴執拗地蠢動。彷彿在說「謝謝你打敗我」。

「咯咯咯，我認真起來連自己都會怕。」

讓夢魔女郎如此滿足的才能實在令人神往。

「啊啊……哈啊，哈啊，客人……！」

呼吸困難的莉琪緩緩地回頭看。

「怎麼了，莉琪？爽過頭愛上我了嗎？不不，這樣不行喔。我是漂泊不定的浪人——」

史坦克用下巴示意得意地說。就在此時，他看見了光芒。

帶有魔力的眼鏡閃了一下。

在內側妖豔閃爍的，是擁有邪視的蛇怪的眼睛。

篤噗。

腦子裡被打了個樁。

她含著淚水的雙眸發出犀利的目光，史坦克的思考宛如變成石頭般停止。

「不要再……欺負我了……」

史坦克渾身起雞皮疙瘩。這是出自本能的恐懼。

如果不繼續欺負讓她屈服──就會被變成石頭。

如同反抗這樣的懦弱，他打從心底燃起火焰般的情感。

是憤怒。絕不饒恕這個小姑娘的憤怒。

解放後正要變軟的那話兒充滿激情，宛如石化般變硬。

「色情眼鏡妹……！我要徹底地欺負妳！延長時間！」

「呀～謝謝惠顧～」

史坦克粗魯地抓住滑溜的尾巴，再度展開攻勢。

無法平息的慾望乘著施虐心，貪求著莉琪的肉體。

雖然每次決定延長，總覺得她的嘴角上揚。

他抱持著開心就好的精神忽視這一點。

*

第二天，在食酒亭貼出了蛇怪妹俱樂部的評鑑。

史坦克斜眼看著聚集在評鑑前的一群男人，心情愉快地喝著麥酒。

他享受著口感滑順的麥酒，斜瞥傑爾一眼。

「對傑爾來說不像是會犯這種錯誤呢？只在意胸部，忘了享受店家獨特風格的原則嗎？」

「少囉嗦，你才是會怕後遺症的話乾脆就選第1階段的毒性啊。」

「哎呀～像我這種屌劍士是遇強則強啊～嬌小巨乳的莉琪不知求饒多少次呢！」

「……聽說那間店的小姐，很多人演技都不錯呢。」

「死不認輸呢，咯咯咯。」

染上奇怪的笑法，或許真的是後遺症。

「喂……你們。」

布魯茲從旁邊搭話。

「你們不是去找超越時空的召喚女郎嗎？」

「啊……」

# REVIEW

## 蛇怪妹俱樂部

### ◇人類 史坦克

**8**

選了M屬性的嬌小大奶妹果然選對了！甘毒使得情緒高昂，雖然比平時略微過火地欺負小姐，不過除了延長費用以外並沒有奇怪的追加費用，所以沒問題。不過冷靜之後有點可怕……話說我有那麼強烈的S屬性嗎？會不會出現甘毒的後遺症？令我有點不安。

### ◇精靈 傑爾

**7**

令人悔恨的失誤！可能是因為過度警戒施展輔助魔法把抗性提升得太高，甘毒什麼的幾乎都沒體驗到……這樣一來就只是一般的眼鏡妹專門店啊！基本上最好省去輔助魔法，按照店家的推薦指數選擇。與知性的眼鏡妹來一場知性的對話很棒。也許是因為邪視，魔力的品質也很不錯，這也能享受一番喔。

### ◇天使 可利姆維兒

**3**

雖然毒跟石化對天使似乎都無效，但是我屢屢感覺到不一樣的惡寒。蛇怪的邪視似乎很接近闇屬性的魔法……我軟掉好幾次。由於蛇怪小姐十分親切，我反倒覺得很抱歉……不能接受闇屬性的人或許要注意一下。

### ◇男拉彌亞 鳴神

**9**

蛇怪原本是乾燥地帶的原生種族，鱗片也乾巴巴的……不料！其實相當於美人魚的色澤！其實這是我第二次光顧，光是尾巴交纏就能享受幸福的感覺，令人有點著迷。如果天生具備毒抗性，就能愉快地享受高純度的毒性。不過應付邪視的眼鏡有點礙事……若是能摘下就滿分了。

都忘了這回事。

陷入膠著後發現優良店就完全滿足了。

就這樣，調查超越時空的召喚女郎一事暫且停止。

史坦克一行人與都市傳說打照面，還要再等一段時間。

## 第四話

# 門扉的縫隙

抬頭一看，眼前是總是如明月般文靜的笑臉。

白絹色的容貌，只有微微瞇起眼睛的若有似無微笑。

與其說歡喜，更像是表現出滿足感的含蓄表情。

在這個家度過的儉樸時光只有幸福。

她現在一定也同樣帶著笑容在做家事吧？變成圍裙的白色長髮閃爍著絲絹的光澤。

她們被稱為白絹侍女。

是會住進家裡幫忙做家事的一種妖精。

知道她和自己是不同種族，是大約在頭快要到她豐滿胸部的年紀。

我以為她只是溫柔的美貌女僕。

冬天無論洗多少東西也不會皮膚皸裂，被其他女僕羨慕「擁有魔法之手」的特別女僕。

我從小把她當成親姊姊仰慕。

可是，我逐漸感覺到和她面對面時有種奇妙的悸動。

得知這種悸動叫作「動心」，是在不久之後。

至於理解動心的意思，是在更久之後。

這是我的初戀。

＊

「……史坦克很噁耶。」
梅多莉無情地扔下這句話。
她收起翅膀，從吧檯後面看著桌子座位的史坦克。
「有必要特地躲起來嗎……？」
可利姆突然從後面露出臉。
在兩人目光的前方，史坦克正在吞雲吐霧。
他直愣愣地看著上升的煙霧。就只是看著。
桌上的下酒菜和麥酒已經約有三十分鐘沒碰過。
「……他只是目光呆滯而已。」
「雖然他平時就是一臉呆樣，不過今天有些不同……」
唉，史坦克嘆了一口氣。
「瞧，他剛才眼眶濕潤了！唔哇～起雞皮疙瘩了！」
梅多莉隔著女侍服摩擦上臂。

「只是煙霧燻到眼睛而已吧……」

「不是吧！他平時像死魚眼，或是像沾了臭汁滑膩的眼睛，或是像發情的疣豬的眼睛，唯獨今天卻異常感傷，目光像是望著遠方！不可能吧？那可是史坦克耶！」

「我明白妳的意思，只是麻煩再斟酌一下……」

叩，麥酒杯被放在吧檯上。

傑爾一手拿著麥酒，站在兩人身旁一臉傻眼。

「喂喂，別這麼說。就算男人也有陷入沉思的時候啊。」

總是固定坐在史坦克對面的精靈獨自飲酒如此說道。即使有一點說服力也不奇怪……或許吧。

「傑爾會說這種話也有點……不，相當噁心啊。」

「妳到底把我們當成什麼啊？」

「色情狂小混混。」

傑爾沒有回嘴，一臉沒趣地喝著麥酒。

食酒亭的客人之中，沉溺於色情的花花公子並不罕見。其中的急先鋒肯定是史坦克和傑爾。尤其自從開始寫夢魔店的評鑑之後，他們的行動力令許多男人自嘆不如。

然而對於不是夢魔女郎的女侍來說，只不過是白眼看待的對象。

「可是，梅多莉小姐。」

可利姆向前探身對梅多莉說。

「史坦克先生和傑爾先生姑且也有人的心喔。一開始救了我的時候也相當關心我……不，雖然結果是……該怎麼說，他們教了我奇怪的事情……親切的心是有些走偏了……」

「你們這些傢伙真的很糟糕耶。」

「可利姆，如果要幫腔就好好地說啊。」

「果然辦不到的事就是辦不到呢。」

「該不會你比梅多莉還要毒舌吧？」

三人小聲說話，這時桌子上起了變化。

史坦克取出墨水盒，用羽毛筆在紙上開始寫東西。

「又在寫下流的評鑑？真討厭，只知道去夢魔店……」

「不過，史坦克先生昨天才剛發表評鑑喔。他沒時間去新的店吧……？」

羽毛筆沙沙地疾書。

絲毫不停頓，如行雲流水般地運筆。

可說是與鋒銳激烈的劍技正好相反的優雅筆法。

「話說，史坦克的字算是漂亮呢。」

「經你這麼一說的確是……他寫的評鑑也容易閱讀。」

「那傢伙感覺還滿有教養的。舉止間不經意流露的氣度……是沒到這種程度啦，但是感受得到學過禮節的樣子。」

傑爾的發言使梅多莉驚呼「咦～」並皺起眉頭。

「是你的錯覺，還是你的頭撞到了？」

「不，我也沒什麼自信。可能他只是兒時玩伴是貴族，或者工作上有很多機會接觸這種事，或者只是在色情的目的下累積知識而已。」

傑爾自己說著便信了，並且點頭好幾次。

「嗯，男人有很多理由的。」

「女人也有祕密啊。」

「是啊……男人女人都有呢。」

史坦克不顧隨意胡扯的三人，繼續振筆疾書。

有時他的視線離開紙面，看著遠方。

每次他的雙眸都映著陰鬱的光芒。

*

我喜歡她工作的模樣。

無論何時她都以最少的動作俐落地處理家事。

擦拭、打掃、整理床鋪、裁縫、編織、清點食材、幫忙做菜、接待客人、園藝工作、照顧馬匹等等。

宅邸和庭院必須做的工作她都會做。

就算有人遺失物品，只要是在圍牆的範圍內，她都能立刻找到。

白絹侍女這個種族具有這樣的能力。

「她們和人類不一樣。」

父親如此說道。

「她們是會住進房子的妖精，沒錯，是棕精靈和座敷童子的近緣種。說到不同之處，就在於容貌是妙齡女子。再來是沒有血色的雪白肌膚，純白的頭髮……沒錯，頭髮。她的頭髮會和衣服混淆吧？變化頭髮形成衣服也是白絹侍女的特性──」

為何父親如此詳盡地說明種族的特性，當時的我無法理解。

現在回想起來，父親的意思大概是她並非家人。

不過，因為我不懂所以沒關係。

妥善、獻身地處理家事的她，無論何時都是很帥氣的女僕。

我的目光無法離開她，從門扉的縫隙偷看她變成了每天的習慣。

工作告一段落，她回頭時和我目光相對。

「我的臉上有什麼嗎，少爺？」

有疑問時她會把從食指到無名指的三根指頭放在嘴邊。那樣淘氣的動作也引得我心跳加速。

「哎呀，少爺，不可以偷吃喔，不行。」

在廚房，她用戴著連指手套的手使出手刀阻止我。

我心跳加速。

「少爺……雖然我是沒關係，可是一直盯著女性的胸部和臀部很失禮喔。女人對於視線很敏感的。」

不，因為妳身上掛著那麼大又豐滿的兩顆啊。

每次工作活動時都搖搖晃晃地晃動，令人興奮啊。

每次都令人興奮，好幾年都心癢難耐。

揉搓因為興奮而變硬的身體一部分，讓我認識到這超爽快的。

我關在自己房間裡，幹勁十足地消除興奮。

「……少爺？我好像聽到呻吟聲和叫我的聲音？」

沒有敲門就開門太過分了。

「為什麼把褲子脫下……啊，少爺，難道……」

別問了。拜託不要問。好丟臉，真可恥，我要哭了。

我想逃走。從這個家，從她面前。

「沒關係的，少爺……我不介意。」

她在床鋪坐下，撫摸我的頭。

還把手放在腫脹的肉棍上。

沒有透著血色的非人的肌膚，妖嬈地包住那一根。

「雖然我也不太懂……這是因為你想著我吧？既然如此，我……過度的幸福令人害羞……我覺得很開心。」

若有似無的明月般笑容令我安心，她的手開始動作。

她持續地摩擦朝氣蓬勃地翹起的肉棒。

啊，啊，還沒變聲的喘息聲穿過鼻子。

「很舒服嗎？你感覺得到我嗎？可以喲，再多感覺一些……我絕不會討厭少爺。」

女僕們羨慕的「魔法之手」創造出前所未有的快樂。

又白又長的指頭滑溜地包住，強弱分明地揉搓上下活動。

巧妙地玩弄才剛春情蕩漾的男孩。

她溫柔地憐恤站在自虐邊緣的少年。

「少爺也要抬頭挺胸地面對自己的感受……啾。」

額頭被親吻後，兩腿之間的酥麻感爆裂。

從未見過的濁汁射出，黏在她雪白的手上。

令人生厭的體液弄髒了魔法之手。就像要融化這種罪惡感似的，她用指尖玩弄掌中的黏性物質。

「這是少爺的……咦，是第一次射出來嗎？嗯……該……該怎麼說呢……是由我，嗯。」

雖是抑揚頓挫較少的沉靜語調，重複的「嗯」表現出昂揚感。

然後她吻了弄髒的手。

啾，啾，啾嚕嚕，啾，啾嚕嚕嚕……

和楚楚動人高尚的她不相稱，奏出下流的聲音。

「少爺第一次的精滴……我吃掉了。」

浮現的笑容比平時略微深沉。

我——果然最喜歡她了。

對她的思慕已經止不住。

之後我偷偷避開家人和傭人，思考如何和她接觸。

她也沒有拒絕。雖然有些困擾地眉毛下垂——

「實在是，拿少爺沒辦法。」

也只是瞇著眼睛這麼說。

「那麼，失禮了……搓一搓讓它射出來吧，少爺。」

我被上下搓揉，然後射了。

射了好幾次。

就像每天的習慣，上下搓揉，射出。

「雖然這樣是沒關係，不過袖子弄髒是個問題……」

因為她嘆了一口氣，所以我心生一計。

「咦？用嘴巴……？用舔的嗎？喔，原來如此，的確……如果要在最後吞下去，一開始就用嘴巴比較有效率。少爺很聰明呢。」

「那麼失禮了……啁，啁，啾啾，啾，咕啾，啁，如何？少爺。有變舒服嗎？」

「啾嚕啾嚕，啾啵，啾啪……！射出來吧，少爺……！請射在我的嘴裡……！」

我當然射了。

我在好幾年後才知道這個行為叫作口交。

即使沒有知識，男性的本能也會教我獲得快樂的手段。

「咦？胸部嗎……？用我的胸部夾住……？」

當然我也沒有乳交的知識。只不過看到快要突破圍裙的熟乳，才極其自然地想到。如果不夾一下，我會後悔一輩子。

「啊，好熱……而且很硬。宛如燒熱的鐵……嗯，那我要開始動嘍。嗯，嗯，嗯……」

「哎呀……已經射了？嗯，射出來了呢。咻咻～地，以非常驚人的氣勢……啊，溢出來了，哎呀呀。」

「少爺真是的……你真的很喜歡胸部呢。」

不，我不喜歡。反而是憎恨。

小時候每次要抬頭看她的臉時都會擋住。長大後胸部正好來到視線的高度，逐漸地擠進視野。胸部那麼地突出表現自我，真是自大到不可置信。

不能饒恕。

我要教訓它。

「啊……啊嗯，這樣啪啪地發出聲音，會被人發現的……」

嘿呀，接下正義的天誅吧！

胸部！壞壞的胸部！

這就是必殺擺腰攻擊！

「嗯……啊啊，少爺真是的……彷彿野獸的交配……」

她的臉一反常態地染紅了。

交配。

雄性與雌性動物腰部磨蹭，生小孩的行為。

我曾看過馬廄的馬匹這樣做。

啊──

腦子裡齒輪喀鏘地咬合了。

之前做的那些行為的意義，我終於理解了。

之前的一切不過是預先演練。

用手或胸部，都是交配的模仿。

連這種事都不知道就以為自己已獲得無上的快樂，太可憐了。

「咦……少爺，你剛才說什麼？」

我直截了當地傾訴思慕之情。

她臉紅了，手像是打太鼓般上下揮舞。

「你……你想和我……交配嗎？」

我想要。

我想和她交配。

我想要胯下磨蹭，腰部彼此撞擊，把白色黏稠的液體注入她的體內。

因為，因為——

「你那麼……想要我嗎？」

我覺得這是世界上最炙熱耀眼的心情。

為了實現心願，我可以拋棄其他所有一切。如果叫我拿一把生鏽的劍，去和可怕的怪物戰鬥，我一定會照做。

最後她臉朝下，用有氣無力的聲音這麼說：

「請給我一個星期的時間。」

有那麼苦惱啊？

她那麼認真地思考啊？

既然如此，靜靜地等待就是男人的任務——我對自己說道。

痛苦的一個星期。光靠摩擦射射忍耐也很難受，隨著時間經過，期待感逐漸被不安侵襲。

要是被拒絕怎麼辦？

如果她說不行怎麼辦？

白絹侍女姊姊無論何時、無論何事都會接受。而我要求了對她來說難以接受的事。被通知這是斬斷從小培養的感情的愚蠢行為，使我怕得不得了。

怎麼辦？現在應該撤回前言，說我在開玩笑嗎？不過，我不想讓那時的心情變成假話。無論對我或對她都不誠實。

啊啊，怎麼辦？

正當我在煩惱時，時候到了。

「晚上，請到儲藏室來。」

白天擦身而過時，她這麼說。

痛苦的時間延長了半天。

我等家人都入睡後，抱著步上處刑台的心情前往儲藏室。

我提心吊膽地走進裡面——

眼前是宛如美之女神的裸體。

在照進小窗子的月光照耀下，她的頭髮和肌膚發出銀白色的光芒。

「取得藥物費了一些時間。因為我不能從這個家的範圍離開……不過，辛苦也有價值。」

她手中握著像是裝了藥物的小瓶子。

「這樣就不用擔心生下繼承人……因此，請吧，少爺。請盡情地玩弄我的身體。」

她用輕柔的動作把我抱到懷裡，我內心的不安和理性都消失了。

我變成了野獸。

碰觸、擁抱女人的肌膚，忘我地擺動腰部。

我沉醉於和手、嘴巴與胸部相差懸殊的快感，好幾次注入我的慾望。

只有那一晚纏綿到天明。

之後找到空閒我就會把她帶到儲藏室，然後變成野獸。

「啊啊，嗯唔唔……！少爺，啊啊，少爺，好棒……！」

和其他行為不同，她也快樂無比，這是我感到最開心的事。

每次一起爽快都覺得感情變得更強烈。

可是——每次交配結束，她都劃出界線。

「少爺不必擔心，請自由地玩弄……」

「是的，玩弄……這是遊戲。」

「我的身體是少爺的玩具……不會懷上孩子。在一時的遊戲作為發洩的，不過是方便的安慰穴。」

身為傭人不能跨越的一道界線。

她頑固地如此深信。

可是對於不懂世故的年輕人來說，並非無法理解大人的常識。

我大聲地否定她的話。

她又搖頭拒絕。

「不，不，不對。少爺的心情不是真的。是對我的憐憫，以及和對家人的親密摻雜在一起——這是內心的迷茫。」

「請用我的身體學會對待女人。有朝一日，在你迎娶夫人時一定會派上用場的……請當成在那之前的練習。」

愈是抱緊她，情感就愈激烈。

兩人的感情應該變強烈了啊。

我不願相信那是幻影。我希望她說的不是真心話。

所以我送禮物給她。

是存下零用錢買的粗糙戒指。

「不行……不行……少爺。」

「像這樣討我歡心也沒用啊……啊啊，少爺真是壞心眼。」

「我……」

凝望彼此時，不知不覺間視線已經是同樣的高度。

我已不再是一直抬頭看著她的孩子。

「你長大了，少爺……已經是獨當一面的男人了。」

她把戒指戴在左手無名指。臉上的笑容就像太陽般開朗。

那一夜的纏綿，成了確認彼此心意的儀式。

已經沒什麼好怕的。身分的差距，或是種族的差距。

可是——

隔天在晚餐席上，父親以嚴肅的神色說：

「她之後要在別館編織。雖然也會做園藝工作，不過正房的工作會交給年輕女僕。」

「你出去旅行吧。了解世間成為大人。」

隔壁的母親也表情堅決。

似乎一切都被知曉了。

玩玩可以。但是不准娶為正妻。本家的繼承人應該迎娶適合的對象——大概是這樣吧。

「別開玩笑了！」我的情緒十分激動。

當時太年輕了。我還只是個孩子。

爭吵變成互毆，導致父親骨折，一切都結束了。

「我要和你斷絕父子關係。家業由你剛出生的弟弟繼承。不准再跨進這個家的門檻。」

搞砸了。已經無法挽回。

當繼承人我沒興趣。對於劍術本領倒是有自信，就算離開家我也能獨自生活。這一點沒什麼問題。

我心中追求的，只有一件事。

可是她卻只是寂寞地低著頭。

「如果我不是白絹侍女，就能跟少爺走了。」

白絹侍女這個種族原則上無法離開決定為住處的房子範圍。

如果房子垮了，生命也會消失。

假如進行搬家的儀式也能移居，不過那是規模相當龐大的作業。當然也得花錢。母親給史坦克帶著的錢實在不夠。

「無論少爺身在何處，無論和誰結合，我的心隨時隨地，都和少爺同在——」

道別的話以接吻作結，兩人分道揚鑣。

這並非永遠的別離。

只是在存到搬家儀式的預算之前分開。

「等我……我一定會回來的。」

*

決定目的地之後到出發之前空出兩天時間。
打鐵趁熱的史坦克一行人很難得設下緩衝時間。
這並非長途旅行，不過是走路幾小時的距離。需要的只是心理準備。
不過這個準備簡直堪稱覺悟般熾烈。
到達目的地夢魔店前之時，男人們的神色宛如戰士。
「我們終於來了……」
史坦克彷彿面對全副武裝的巨人般吞了口水。
「是啊……這次不能責備退縮的人。」
傑爾宛如與全屬性抗性的史萊姆對峙般擦拭汗水。
「我是沒有興趣，不過傑爾的提議很有趣！」
甘丘那張半身人稚嫩的臉上浮現了合適的淘氣笑容。
至於這次最起勁的惡魔賽坦——

宛如魔王般倨傲地高聲大笑：

「這種趣向也不錯。我已經熱血沸騰了，哇哈哈哈！」

「我覺得不應該以這種情緒走進這間店……」

「現在才心生恐懼又能怎樣？又不是天使小子。」

「可利姆沒辦法吧？以他的性情搞不好會死掉。」

在食酒亭聽到概要的瞬間，可利姆一副以靈魂等級無法理解的表情。

就算不是天使，許多人也無法理解吧？

史坦克抬頭看店的招牌。

「禁忌與喪失的ＮＴＲ專門店——門扉的縫隙」。

※雖然女伴被上了，事實上並非真有這一回事。

※基本方案並不包含客人的性交。

上面寫了但書。

光是看著就覺得喉嚨被劍的刀鋒抵住。

（就連我也是第一次面對戴綠帽的情境啊……）

睡走他人女伴的玩法倒是有經驗。

太太，妳喜歡這種的嗎？摸摸，妳丈夫沒對妳這樣做過嗎？嘿嘿，這個蕩婦，我要懲罰妳——像這樣。

「被睡走」則是相反。

自己變成了「沒對妻子做過這種事的丈夫」。心裡會想說「重要的女人被奪走有什麼好玩的？你是笨蛋嗎？」即使如此，也有絕對不能退縮的理由。

「這次是受到委託的採訪。已經不能回頭了。」

開始寫夢魔店評鑑之後，偶爾會接到委託。因為想要參考一下，請體驗某間店然後寫下評論之類的。

這次也收下了所需經費，相當於一般服務的費用。

既然花了兩天充分準備了，現在不可能退縮。

雖然胯下的指南針叫我回頭，但是戰士之魂已經下定決心。

我——今天，女人要被睡走……

抱著悲壯的決心，史坦克打開了店門。

其他三人也隨後踏進死地。

「歡迎光臨～歡迎來到『門扉的縫隙』～」

幹勁低落的緩慢聲音迎接史坦克一行人。

在櫃檯等候的人，是像龍族的高個子女人。頭上長了兩隻巨大的角，身上到處帶有像是刺的鱗片。

雖然她一臉呆滯，卻流露出一股寂靜的壓迫感。

「話說在前頭～店裡的行為終究只是種玩法～請不要生氣或抓狂喔～」

龍族小姐的口中有一小團火焰在晃動。要是鬧場就會被燒個精光嗎？考量到店家的特色，確實需要能夠壓制憤怒客人的圍事。

當然史坦克並不打算鬧事。

無論是多差勁的小姐，或是多麼不講理的情境，既然自己踏進店內，體驗到最後才是男人的禮儀。

「我是用評鑑的名義預約的，可以點席洛普嗎？」

委託者應該已經事先預約了。

席洛普這位小姐的外表與特徵也記載在委託書上。正因在意這種意境玩法，才會接下這個工作。

「啊～是評鑑家啊～最受歡迎的席洛普在喔～」

「那麼，這個也順便，是情境的細節。」

史坦克從懷中取出文件親手交給她。

龍族小姐大略看一下史坦克花兩天時間寫成的力作，落落大方地點頭。

「可以喔～我們的小姐研修時很重視演技～尤其席洛普不輸女演員喔～席洛普～客人帶來力作指名喔～」

龍族女人拍拍手，小姐以楚楚動人的舉止從裡面現身。

喔喔，同行的三人發出感嘆的聲音。

波濤洶湧。

灰色布料加上白色圍裙的女僕服裝，一部分快要撐破，不停搖晃。

非常不像話地不斷搖晃。

姿態不顯得下流，是因為略微長臉秀麗的容貌和白瓷般的肌膚，以及白絹般的頭髮。

「我是白絹侍女席洛普……請多指教。」

史坦克感覺腦子麻痺了。

這兩天，不分晝夜在心裡描繪的「仰慕的女僕」就在眼前。

「超乎想像的正如預期，有點感動……」

「席洛普在熟識的大姊姊情境、賢淑堅強的新婚妻子情境等等～受到非常根深蒂固的支持喔～」

假如她在不同店裡工作，光靠臉蛋和肉體就會受到支持吧。

因為那個胸部。應該說，或許光靠胸部就超乎想像。

罩杯有H——不，應該有I吧。

「嘿嘿，光是想像就汗流不止……花兩天時間構思的與波霸大姊姊的回憶將被蹂躪……」
「啊，該不會史坦克你一直心不在焉地寫的東西就是……」
「因為聽說是重視情境的店，所以就稍微認真地構築腳本了。」
「有時你的執著很可怕啊……」
傑爾嚇到倒是令史坦克感到意外。
「不過史坦克，這樣真的好嗎？」
「什麼事？」
「嗯，就是……會被睡走啊。」
被戳中痛處了。
即使選了再有魅力的小姐也不能性交。只能看人炫耀，因心中的痛而拚命掙扎。
「既然要做就向前衝……我要全力享受被戴綠帽的感覺……」
「你這傢伙……我明白了，我會幫你收屍的。」
「史坦克絕對不會不像樣地死去。」
「就算死了也要繼續留下執著的評鑑啊。」
同行的三人一副事不關己的樣子。明明自己也一樣。
「姘頭的角色要選誰～？馬上能準備的男夢魔是這些～」
龍族小姐拿出了名簿。所謂男夢魔是指夢魔女郎的男版。

「我選這個有點輕浮……不過體格不錯的巨根男夢魔。」

既然要被睡走，就刻意選討厭的人。這個時候斟酌也沒意義。

就算心死也要奮勇前進。

不過，這麼鑽牛角尖的人似乎只有史坦克。

「我選這個樹精女郎，姘頭的角色選陌生男子也很討厭。」

「不，傑爾，認識的人才尷尬吧？」

「反正只是玩玩，選認識的人之後才能當笑話啊。」

是這樣嗎？傑爾也有他自己的堅持啊。

他一派輕鬆地拍拍甘丘較矮的肩膀。

「這間店可以帶姘頭的角色來嗎？」

「我想要當姘頭，可以嗎？」

「可以啊～如果是自己上門想當姘頭的角色～那只能說抱歉～但要是陪同被睡走的客人就ＯＫ～」

限制希望當姘頭的客人是老闆的方針。

如果沒有限制，以當姘頭為目的的客人就會無止境地增加。縱使一時賺到錢，失去特色就會變得不三不四。

終究是被睡走專門店，只想服務懂得箇中差異的客人。

話說最近把ＮＴＲ當成姘頭的符號也是以下省略。

總之……已經非常明白店家十分講究了。

「附帶一提～老闆的太太也在這裡當小姐喔～」

「實在很嚇人，這種資訊要節制一下。」

「哎呀呀～真抱歉～」

絲毫感受不到龍族小姐有半點抱歉，她輕浮地鞠躬行禮。

「像老闆一樣讓人霸占也可以嗎？」

賽坦用尖銳的爪子指著名簿上的小姐和男夢魔。

「身為魔王的丈夫讓部下彌諾陶洛斯褻玩自己的妻子，以陰沉的笑容喝著葡萄酒愉快地沉浸在背德的愉悅的情境中。」

「可以啊～這種的老闆也會允許～」

講究的幅度令人搞不懂。

這真的是門外漢可以挑戰的店家嗎？

看到白絹侍女穩靜的氣質，史坦克被無法名狀的不安侵襲。

史坦克在門前深呼吸。

接下來他將和仰慕的女僕姊姊重逢——

將會以這個設定和白絹侍女席洛普見面。

「門扉的縫隙」是以短劇為前提的夢魔店。因為情境玩法的店並不罕見，所以史坦克也算有經驗。

（話雖如此，不需要大膽地改變角色。）

終究只須接受狀況設定，沒有必要變成別人。最好保持自己自然的行動。不然會因為演技而沒有餘力享樂。雖然還不清楚NTR是否能令人樂在其中。

「啊……席洛普，是我啊，我是史坦克。」

史坦克敲門等待回應。

「少爺……？啊，啊啊，怎麼會？少爺，是少爺嗎？」

門從另一邊開啟了。

一直很想見的——是這種設定——白絹妖精眼眶微微泛淚。

「你回來了，少爺……我一直在等你。」

她微微瞇起眼睛，露出靦腆的笑容。

明明是第一次見面，卻有種懷念的感覺。

（就是這裡，踏進去吧，史坦克！）

花兩天時間想出設定的執著，直接轉換成戀慕的思念。

史坦克的眼眶微微發熱，流出眼淚。

「嗯，為了見妳，我回來了。」

他說出了比設想中更矯情的台詞。

「我每天都在祈禱……對著少爺送我的戒指，祈禱與少爺重逢。」

「戒指……妳很珍惜它呢。」

席洛普的左手無名指戴著不值錢的戒指。缺乏高級感，反而彷彿象徵小時候純真的情感。稚嫩的戀慕心。

天真幼稚的憧憬。

可是，之前支撐著史坦克的，不外乎是這份情感。能在許多冒險，多次在生死關頭保住性命，皆因於對席洛普的愛情——他已經有了這種心情。

「我不會再讓妳孤單寂寞，席洛普……」

史坦克的雙手溫柔地包住她的左手。

「父親墜馬死了。一家之主讓弟弟當就好。我想要建立新的家庭。我希望席洛普『搬』到那裡。」

「可是，少爺……」

白絹侍女種族的生命與住進的家連動。如果離開房子的範圍，生命也會完結。

為了維繫生命，需要「搬家的儀式」。

史坦克投身於危險的冒險，正是為了儀式。

「不用擔心錢的問題。雖然花了些時間，不過我賺到了充分的預算。就算舉行儀式也會有剩。」

史坦克想和她一起生活。

他真心誠意，有些用力地握緊她的手。

席洛普陶然地嘆氣，卻沒有立刻回應。

「怎麼了～席洛普？」

隔開房間後方的窗簾被拉開。

出現了。輕浮姘頭男。

他是曬成淺黑色皮膚，穿戴便宜珠寶飾品的人類男性。輕薄的笑容觸怒了史坦克。雖然平時史坦克的笑容也沒什麼差別。

「……這個人是？」

「他是鎮上的商人……平時會來收購紡織品。」

席洛普的目光在一瞬間游移不定。表情淡漠卻驚慌的絕妙演技。簡直是技巧熟練。多虧如此，史坦克的心情躁動不安。

「你好～初次見面。我和席洛普感情很好喔～」

輕浮男砰砰地拍打席洛普的肩膀。

過分親暱的態度，使史坦克的腦子瞬間沸騰。

（糟糕，湧現殺意了。）

如果沒有把武器寄放在櫃檯，說不定有點危險。

「今天的買賣已經結束了，請您回去……」

「嘿嘿，今天也爽快地工作，真是太感謝了～下次多花點時間充分地談買賣吧～」

席洛普的背部震了一下。

輕浮男放在她肩上的手消失在背後。從角度來看移到更下面了吧？藏在裙子裡，身材穠纖合度的她的——

「暫停一下。」

史坦克舉手停止玩樂。

「不要緊吧，客人？」

「不好意思，我心跳得有點厲害……」

胸口好痛。心臟撲通地跳。呼吸困難。

席洛普被輕浮男偷偷地揉屁股——在理解的瞬間，爆發性的搏動加速。

（這就是ＮＴＲ的威力啊……！）

或許中了心臟干涉系的即死魔法就是這麼回事。

「那個，我太輕浮了嗎？」

輕浮男不好意思地蜷縮。和玩樂時截然不同，他放低姿態。掛慮史坦克的態度也很真誠。

「可以用節制一點的演技進行嗎？輕浮男系也有表面上懂禮貌，和藹可親的偽裝型。」

「我也要變更演技的模式嗎？稍微對客人黏一點，表面上對少爺愛得不得了這樣嗎？」

「不管怎樣都只是表面上吧。嗯，我是懂啦。」

無論怎麼掙扎都以綠帽為前提。很難進行下去。

沒想到會這麼痛苦。肉體上被虐待的ＳＭ被虐者或許還比較輕鬆。正因為沒有直接受害，精神上的傷害更加顯著。

「不過我覺得這種悸動也許只差一步……這種心痛如果轉變為不道德的心動，我覺得或許能變成更上一層的男人……」

說真心話，史坦克很想夾著尾巴逃走。

即使如此，男人也是有自尊的。

「我不想在這種地方認輸……！」

「我明白了。我相信客人專一的眼神……席洛普要來真的了。」

「咦？」

「奮發向上正是男人的浪漫。我懂喔，客人。我也會全力表現出輕浮卑劣的一面，要挺住喔。」

「咦？咦？」

「那麼，繼續！」

散布了多餘的熱情。
輕浮男暫時退場，房間裡只剩下史坦克和席洛普。
他們並肩坐在床上。
肩膀彼此碰觸的一瞬間，奇妙地以純真無邪的心情感受。真的很像和初戀的女性重逢。
「少爺……你變得很強壯呢。」
席洛普把上半身轉向他。
特大的軟乳壓在史坦克的手臂上。
光是這樣就會喜歡上她。因為是男人啊。
「為了和妳在一起我才活下來。我費盡千辛萬苦。如果是現在，我就能擁抱妳，而不是被妳擁抱。」
「少爺……」
「我要擁抱妳，席洛普。」
史坦克流暢地說出矯情的台詞。似乎在短時間內逐漸成長。這是為了最愛的波霸……不對，為了年長女僕辛苦的成果嗎？
他用比以前更粗的手臂擁抱她。
乳肉在胸膛擠壓的觸感，實在是喜歡得不得了。
「我一直在等待……這個時刻。」

手臂中的女僕以銷魂的表情抬頭。

白髮加上雪白的容顏。如洗到褪色的絲絹般潔淨的姿容。

可是，總覺得有股腥味。

「席……席洛普，妳有使用什麼藥品嗎？」

「沒有，沒什麼……啊。」

席洛普轉過臉去捂住嘴巴。彷彿在說那裡正是臭味的原因。

「剛才那個人，給了我味道有點強烈的食物……」

不，已經露餡啦，混帳。雖然差點脫口而出，卻還是把話吞回去。

「這樣啊。好吃嗎？」

「嗯……雖然風格強烈卻滋味濃厚，很有樸素的風味……」

白色的臉龐發呆出神。

史坦克察覺到了。

彎向側面露出的白色脖頸，有紅色淤血痕跡。

不管怎麼看都是吻痕。

「暫停！暫停暫停！」

「怎麼了嗎，客人？」

「很難受嗎，客人？」

連輕浮男都跑過來擔心地問道。

「剛才那個太難受了……心臟有點停止。」

花了兩天時間構思的設定和迷戀，化為銳利的刀刃刺進心臟。

到底花這種錢在幹嘛啊？

不對，委託人有給我費用。

「難受是因為脖子的吻痕嗎？還是衣領內側藏了一根白絹侍女不可能有的黑色陰毛？」

「我沒注意到啊！光是聽到我都快吐了！」

「撐住啊，客人！還有設下許多ＮＴＲ的痕跡在房間裡！請抱著玩遊戲的心情找出來！」

「每次找到都會心死的遊戲是什麼鬼啦！」

雖然史坦克如此大叫，不過他還是沒有放棄。

至少要撐完玩樂時間，不然寫不出像樣的評論。

從床上的場景繼續。

「史坦克少爺！史坦克少爺在嗎？」

有個沙啞的聲音在呼喚史坦克。同時敲著入口的門。

「主人在找您。請立刻到正房來。」

「主人是……弟弟嗎？」

這麼說來，史坦克並沒有設定弟弟的名字。嗯，無所謂啦。

「去吧，少爺。我會一直等著你。」

「我知道了……很快就會結束。」

他戀戀不捨地離開房間。

附帶一提，極樂室是由兩個房間所構成。一間是有床和簡易浴缸的主要房間，前面還有一間窄小的待機室。

待機室裡有個頭髮花白的人類男性在等著。

「對於上一代的遺產，主人以漂亮的場面話命令不能交給出走的大哥。所以，史坦克少爺只有交涉把席洛普讓給他，並取得約定。他是以沒有牽掛的心情，心中充滿愛情回到別館，大概是這樣的流程。因為收到的劇本沒有詳細記載，所以由我們增補。」

「喔，嗯，謝謝解說。」

特地在小姐和姘頭男以外也安排演員，可以窺見店家的認真程度。

「那麼接下來是NTR的重頭戲。請從門扉的縫隙享受……啊，新的魔法自慰套放在這裡，請拿去使用。這個是免費提供。」

旁邊放了一個魔法自慰套。

男人離去，史坦克被留下來。

正好在這個時候，從門的另一邊傳來地獄的腳步聲。

「啊啊，不行……饒了我……」

帶有鼻音的肉慾聲貫穿了史坦克的胃和心臟。
「也就是說，再多來一些嗎？嘿嘿，淫蕩的白絹侍女。」
下流的笑聲觸怒神經。至於是什麼令人氣憤，就是自己也在其他店家說過這種台詞。
史坦克提心吊膽地，從稍微打開的門扉縫隙向內窺視。
輕浮男從席洛普身後抱住她。從手中溢出的乳房被糾纏不休地揉搓，嘴唇擦過耳垂。
「啊嗯，少爺要回來了……！所以……！」
「還不要緊啦。現在他正在談遺產的事吧？就算發生爭執持刀傷人也不奇怪。」
「少爺不會被遺產拘束……！」
「不不不，那是一大筆錢耶。妳也切身地了解沒錢生活會很辛苦吧？是我用這把自豪的巨劍教會妳的。」
席洛普由於和繼承人發生關係而被隔離在別館。雖然待在房子裡，卻無法得到生活的援助，她逐漸變得窮困，最後只能仰賴輕浮男——這個設定是史坦克構思的。
「我……果然沒辦法。」
他喊了暫停靠在牆上。
他把體重靠在牆上，心想就算跟牆壁結婚也無所謂了，然後翻了白眼。
兩人從主要房間走出來，從左右兩邊開始激勵史坦克。
「客人你可以的！奮鬥啊，客人！」

「請相信你的可能性……在你身上蘊藏的無限可能性。」

「無限的……可能性？」

「現在正是緊要關頭……跨越試煉的力量，與你同在——」

設定為戀人的白絹侍女捏著圍裙下襬向上拉。

有一條線滑順地綻開。那是具有白絹侍女種族變質能力的頭髮。其中一端被繫在史坦克的左手無名指。

「藏在戒指底下繫住的這條線，正是兩人真正的羈絆……只要心有靈犀就不會脫落——」

「這樣的設定如何？實際上席洛普能夠自由地解開，暫且當成讓情緒高昂的道具。」

原來如此。這樣憑視覺和感覺就能理解最後的一道界線啊。

「不，等等。這個是高潮時就會解開的設計吧？」

「當然……很興奮吧？明確失去的瞬間……」

「所以說為什麼是朝著殺死心的方向啊！沒有對新手溫柔一點的ＮＴＲ嗎！」

「拿捏分寸變得適合新手，這種懦弱的想法，我不喜歡。」

恭謹的席洛普的眼神點燃了強烈的意志。

「反而正因是頭一遭，應該深深地貫穿造成心理創傷。至少要讓對方在苦悶與快樂的夾縫中滾來滾去一週。」

「席洛普，該不會妳是Ｓ……？」

「我只是對工作很認真而已。」

史坦克被平靜的席洛普意外的熱情壓倒。

白絹侍女種族是家事之鬼。對於住在這間店的席洛普來說，NTR玩法也算是家事之一。

所以她才認真地、竭盡全力被輕浮男睡走。

（不過，可以理解正因是頭一遭，才會展現認真的態度。）

沒有觸及真髓反而被輕視，這種體驗毫無意義。

「既然你們這麼說……我也不能認輸。我要試試，兩位。」

「這才對嘛！客人！」

「接下來是我不貞演技的真本領……敬請拭目以待。」

史坦克並不想拭目以待。

兩人移動到門的對面，重新來過。

「怎樣，那傢伙有讓妳這麼爽嗎？」

「沒……沒有……！少爺的手不會有這麼壞心眼的動作……！」

「壞心眼的不是只有手的動作喲。」

「不要……！那邊被使壞的話，我……已經……！」

「暫停！等等，拜託等一下啦！」

史坦克再次抱住牆壁發出嗚咽。

「嗚嗚，太痛苦了，太痛苦了……！」

彷彿要口吐白沫般難受。

由於太殘酷，身體快撐不住了。

「明明太過悽慘很想死，可是我，為什麼……為什麼，我會這樣勃起呢……！」

褲子底下男人的自豪布滿了敗北感。

這種意義不明的勃起是生來第一次，總之，很可怕。

「你行的嘛，客人！太好了，客人的鬱悶勃起終於覺醒了……！我好感動！」

「請別忘了那種心痛的感覺……請擁抱那種嘔吐感……如果有那麼強力的勃起，你一定能達到NTR的深奧──」

正如他們所言，假如無限可能性的一端在胯下萌芽。

假如再往前一步，就能完全覺醒。

（不，回頭真的比較好吧？）

胯下的指南針失常了，所以判斷基準也在搖擺。

唯一明白的，是與不悅感表裡一致的陰暗愉悅感，將通往全新的境地。

「奮鬥！客人！」

「奮鬥！少爺！」

「嗚……嗚喔喔喔喔喔喔！看著吧！兩位！我將成為獨當一面的男人，藉由NTR讓全身

的體液射精殆盡！」

史坦克勉強提高情緒，目不轉睛地看著門扉的縫隙。

他反覆玩味NTR的情景，不停眨眼。

他屢次吞口水。

接著拿起魔法自慰套，然後——

在無名指的線斷掉的那一瞬間之前，他射了五發。

＊

「門扉的縫隙」的評鑑在食酒亭的公布欄上發表了。

同往常一樣，梅多莉斜眼看著聚集在公布欄前面的人們，毫不留情地吐出一句：

「……史坦克果然很噁。」

她從吧檯後面半睜著眼望向桌子座位，有個死魚眼的人。

史坦克以像是喪屍的無力姿勢趴在桌子上。

「我的女僕……明明立下誓言了……明明……說好將來要在一起，那個……輕浮男，畜生，輕浮男……唔唔唔唔唔唔唔唔唔！」

# REVIEW
## 門扉的縫隙

| ◇人類 史坦克 | ◇精靈 傑爾 | ◇半身人 甘丘 | ◇惡魔 賽坦 |
|---|---|---|---|
| 6 | 3 | 10 | 8 |

**◇人類 史坦克　6**

講究的NTR專門店。從門扉的縫隙窺視戀慕的女人（這種設定的小姐）被睡走的情形，同時用魔法自慰套自慰……老實說很實用。我射了很多！我領悟了NTR！可是過度投入感情所以一直覺得很不舒服！打開不能開啟的禁忌之門，讓我後悔不已！早知道就別去了，畜生！

**◇精靈 傑爾　3**

我沒辦法。該說是NTR沒辦法嗎？選定姘頭角色時完全失誤了。千萬不要選比自己短小的傢伙（尤其是熟人）。該說是逼真性還是臨場感呢？總之感覺像在看鬧劇，氣氛很尷尬。

**◇半身人 甘丘　10**

以輔助朋友享樂的形式挑戰了姘頭角色，這真是正確的選擇！光是奪走別人的東西，身為盜賊沒有比這個更開心的事了，不過小姐的演技也很棒，臨場感十足！嗯，雖然對朋友有些不好意思，不過我接收了他誘人的青梅竹馬（這種設定的小姐）！如果是姘頭角色，隨時都可以找我喔！

**◇惡魔 賽坦　8**

以魔王設定嘗試NTR玩法。讓魁梧的彌諾陶洛斯擁抱裝作賢淑的內人（這種設定的小姐），讓她暴露出淫亂的本能——妻子被奪走而嫉妒的M感覺、侮蔑愚蠢妻子的S感覺，兩者的相乘效應相當出色。我覺得紅杏出牆的妻子也很有魔性，不過究竟如何呢？

嘩啦～滂沱的淚水沾濕桌子。

從「門扉的縫隙」回來以後，史坦克一直是這個狀態。

桌子上完全沾滿了滂沱淚痕。

「明明知道是很危險的店，史坦克你還那麼全力投入。」

傑爾從吧檯座位看著朋友的醜態，半傻眼地嘆息。

「嗯，雖然在評鑑方面內容比我還要好。我真的是完全失敗了……絕對不要選半身人。心裡只有對鄰居的屁孩生氣般的感覺……」

他又嘆了一口氣。

在有點距離的桌子，甘丘對著布魯茲高談闊論。

「果然比起尺寸技巧更重要。我是手很巧的人，比起仰賴魔力的種族，直接愛撫格外厲害喔。瞧，看看這個手指！」

像是接起豆粒般的手指猥褻地扭動。

目光瞬間一閃，傑爾和甘丘視線交會。

兩人臉都撇向一邊。

「感覺劍拔弩張呢……」

可利姆在梅多莉背後發出害怕的聲音。

「都是因為去奇怪的店才會變成這樣啦……」

「我拒絕他們是正確的……」

可利姆在梅多莉背後雙手交握，小聲地向天祈禱。

請拯救這群可悲的花花公子——

之後，給史坦克收到了委託人寄的木箱。

裡面是感謝狀和影片儲存用的水晶。

「託您的福，在意的NTR性癖完全覺醒了！和席洛普的羈絆之線斷掉的瞬間，那種絕望與高潮是我一生的寶物！謝禮附在信內，請務必觀賞！超實用的！」

播放水晶的影片，看到席洛普被輕浮男強姦。

「門扉的縫隙」的制度是可以錄下玩樂內容再付費購買。由於會在最後傳送訊息給收看者，所以稱為水晶信件。

席洛普雙手比V，放蕩地笑著說：

「抱歉，少爺……我已經是這個人的了。」

「囉嗦！我要把這破爛打破！」

史坦克正要把水晶扔到地上之時，還是改變主意收進懷裡。

看樣子他暫時還無法擺脫深邃的黑暗樂園。

## 第五話

# 召喚服務雙響炮

史坦克作了一個夢。

令人不愉快的夢。

香豔的夢。

深愛的女性被其他男人的手弄到扭動身子的光景。

雖然感覺要嘔吐卻止不住高揚感，背德的情景。

「又來了……又作了那個夢……」

傍晚時分醒來，史坦克身心都很疲倦。

憔悴的男人加上破舊的房間。

狹窄的床，陳舊的小桌子，兩支燭臺。房間裡的物件只有這些。雖是極其簡樸的便宜房間，卻能讓手頭變得寬裕。

「混帳……該死的ＮＴＲ……」

造訪ＮＴＲ專門店「門扉的縫隙」過了一星期。

只有在食酒亭的一樓和二樓往返的沒氣力日子持續著。

連去賺錢的氣力都沒有。要是沒有儲蓄可就危險了。

「心理創傷竟然這麼嚴重，我不甘心……！」

可是好興奮。

剛起床的男魂血脈賁張，把褲子往上頂。

要是平常就會立刻吃飽飯前往夢魔店——

「我要起床……魅惑的性愛在等著我……！」

史坦克想要從床上起身，像毛蟲般轉動身體。

他只是苦悶地蠕動，無法抬起上半身。

活力全都被帶到胯下。

他翻身成俯臥的姿勢。肉的突起在床上摩擦，讓他發出「啊」的一聲。

「……先尻一發再說吧……」

他往桌子斜眼一瞥。水晶信件放在上面。

立誓將來要在一起（這種設定）的女人與其他男人交合的影片，老實說很好用。超實用的。

不過看完後內心受傷，更加失去氣力。

（繼續陷在泥沼中可不妙。）

NTR宛如毒品令人瘋狂。不應該去碰它。

「沒錯，這可不妙……我要忍住啊，別輸給墮落的誘惑……！啊啊，可是手自己伸出去了……！左手拿水晶，右手在兩腿之間……！」

不知是幸或不幸，離桌子還有些距離。光是伸出手也搆不著。

所以他慢慢地變換姿勢。

他仰起身子向後彎，胯下對著天花板往上頂，變成竭盡全力伸出手的姿勢。

「啊啊，搆到了，暗黑的祕寶……！右手已經碰到自豪的大劍……再來只要把手伸進褲子裡就準備完成……！」

越過大人的繁茂處，右手指頭終於到達灼熱的罪惡棒。

同時左手指頭碰觸冰涼的水晶。

「喂，史坦克，你要睡到什麼時候啦！」

「磅噹」一聲，門被打開了。

梅多莉站在門口，她手中托盤上的料理還冒著熱氣。

無處發洩憤懣和向上吊的眼睛，映出房間的狀況。

史坦克在床上做出橋式動作，一隻手握屹立的怒張棒子，一隻手伸向桌子，表現出一個男人淒慘無比的慘狀。

倏地，梅多莉的眼神變得比水晶更冰冷。

「這個是女老闆要給你的。只是算賒帳。你加油。」

梅多莉把料理放在桌子上，把窗戶全都打開換氣。

她折返走出房間。令人無法接近。

「拜託，讓我辯解一下。」

「什麼？你有話想說嗎，妖怪橋式尻槍男？」

「不……其實也沒有冷靜思考辯解的餘地。就是妳看到的樣子。」

連顧面子都嫌麻煩。

「唉……真的是笨蛋。」

「沒錯，我是笨蛋。沒有辯解的餘地。」

「話說在前頭，繼續那樣拖拖拉拉毫無幹勁，要是付不出住宿費，不管情況如何，一定會二話不說地把你攆出去。既然有本事就去工作啊……這是女老闆的口信。至於我只有一句話，剁掉。」

「我不想剁掉啊，這是男人的寶貝。」

「玩女人把寶貝弄壞的人是誰啊？」

她有點粗魯地關上門。

鳥肢的爪子穿透地板般的腳步聲逐漸遠去。

「吃飯吧……」

史坦克意外地可以輕易地起身了。多虧了梅多莉，似乎是多少轉換了心情。

菜色是「蔬菜鮮豆湯」和「水」。

雖然鮮豆湯便宜卻分量充足，是很受歡迎的菜色。裡頭只加了一點培根碎片，沒有肉略顯美中不足。

「我記得還有肉乾。」

他把手伸進床邊的背囊尋找。

咻～強烈的風從完全打開的窗戶吹進來。

頭髮隨風飄舞，額頭上的盜汗一下子變冷。

「涼快的風……」

外頭的世界無論何時都吹著舒爽的風。

悶悶不樂的期間，似乎連這種事都忘了。

唉——史坦克嘆了一口氣。

「光是開窗就吹進這樣的風……閉門不出其實也沒那麼糟。好，繼續窩在房間裡吧。」

結果並沒有激起外出的氣力。

發現肉乾。

他用小刀切成適當的大小丟進湯裡。

攪拌一下等到入味，便開始吃飯。

「好，肉乾的鹹味滲進湯裡了，不錯吃。」

食酒亭的蔬菜用法和細膩的調味很不錯，這是自認懂得吃的傑爾說的。史坦克是肉食主義，並且喜歡重口味，所以完全不能理解。

眨眼間盤子就清得乾乾淨淨。

以分量來說，雖然不到平時一餐的一半，卻意外能填飽肚子。可能是因為有一段時間沒有好好地運動。

「真的該活動筋骨了……各方面都有點糟啊。」

飲食掌管著生物的本能。食量的變化令史坦克如實地感受到身體的衰弱。

可以說總算切身感受到危機感。

「不過……」

「不過」什麼呢？

為何自己膽怯了？

不過是夢魔店的意境玩法，到底要耿耿於懷到什麼時候？

「太過認真地構築設定了……」

身為微不足道的花花公子，看錯玩樂與認真的界線是恥辱。

即使認真，也應該只有在夢魔店的時間暫時認真就好。這才是有節制的玩女人，這樣受到影響的自己真是可悲。

他嘆了口氣。

「呼哇～」

應該說是打哈欠。吃飽後便湧現睡意。

「呼哇～」

又打了一次哈欠。

睡覺前他把裝肉乾的袋子放回背囊。

有個東西輕輕地掉落。

又白又輕薄，手掌大小的紙張。是夢魔女郎的名片嗎？

史坦克看清了往左右搖曳落下的軌道。他準確地伸出手，一把抓住。

「呼哇……卡在袋子上啊。是哪家店？」

他斜眼一瞥，圖案和文字都沒印象。不是小姐的名片，似乎是皮條客給他的引導圖。

他正要扔進背囊時，看見上面寫的文字列。

——開始召喚服務了！

「就是這個……」

他發現了驅除ＮＴＲ病魔的希望。

因色情負了傷，最好就用色情來治療。

如果沒有外出的氣力，讓小姐來房間裡就好了。

「對喔，原來如此……召喚服務是用在這種時候啊。抱歉以前都輕視你……我會在評鑑寫下『召喚服務是閉門族的強大伙伴』，原諒我吧……」

光看背面的說明，似乎沒有特定的種族或趣向的專門性。

硬要說的話，小姐的變化性正是賣點。

開心玩樂療癒的時間——連這個宣傳文句，以夢魔來說也很普遍。

「暫且把秀麗型的爆乳姊姊排除在外……」

如果追求療癒效果，最好選和心理創傷原因不同的類型。

他用一甩因睡意而迷迷糊糊的腦袋。

候補A，嬌小天真不性感的年幼類型。

一定能給予直接的療癒。當然真正的小孩子就會引火上身，所以以種族水準挑選幼態成熟的半身人比較沒問題。

候補B，一看就是經驗豐富，與不貞無緣的女流氓型。

想要回想乾脆的開心玩樂，不純真的女孩剛剛好。以前某間店有個一臉墮落的櫃檯小姐，大概就是像那種類型。

「選其中一位吧。」

認真地思考選哪個小姐，心情也跟著興奮起來。

果然天性是花花公子。在一個女人身上花費精力，內心迷茫也要有個限度。

「乾脆把錢花光，來個雙飛吧……這樣再怎麼不願意也會去賺錢。」

他的生活態度是今朝有酒今朝醉。和為了戀人拚命儲蓄的妄想設定史坦克少爺（暫稱）是不同的。

決定了。

他打算玩雙響炮，於是唸了紙張背面寫的咒文。即使是缺乏魔力的外行人，只要不唸錯就會發動術式，應該吧。

雖是像在嘟囔說夢話的發音，但是不久透過紙張傳來了女人的聲音。

「嗨，這裡是夢與療癒的樂園『睡夢托邦』。」

「可以請求召喚服務嗎？」

史坦克要求A和B的組合。

「知道了。我們會派小姐過去，請把紙放在地上等一下。可以兩次免費換人。不過我們有自信一次讓您滿意喔。」

「好喔，我會好好期待。」

他把紙放在地上，然後坐到床上。

突然從地上冒起桃色煙霧畫出漩渦。

夢幻的色彩瞬間充滿視野。

煙霧散去後，眼前有個矮小的人影。

「你好，讓你久等了。我叫作畢兒提亞。」

水藍色頭髮微微擺動的半身人少女（？）嫣然一笑。

正如要求，外表非常稚嫩。頭的高度勉強到達史坦克的胸口。服裝也很重視可愛感，不像夢魔女郎會穿的連衣裙。

想必一部分的變態有其需求吧？

儘管如此，從細微的舉止能感受到老成穩重。

「我暫且問一下，妳是大人吧？」

「我想我的年紀比客人大喔。」

「真的假的？」

內心的動搖使史坦克不由得吐出這句話，他疑惑地皺起眉頭。

有點不對勁。

「你怎麼了嗎？」

「那個……總覺得……呃，不，妳說什麼？」

找不到不對勁的理由。是因為睡意嗎？腦子裡有桃色的薄霧。

「嗯……算了。話說另一位呢？」

「喔，我在這裡，這裡。」

從畢兒提亞背後飛出一個小小的人影。

大小像人偶的人形拍打翅膀浮在空中。

比嬰兒還小，有昆蟲翅膀的妖精──小妖精。

目擊她們在花田飛來飛去的可愛模樣的人應該不少吧。

天真，喜歡惡作劇的小孩妖精——這也是固有形象。

可是近一點看，體型與年齡相稱，個性的個體差異也很大。

在史坦克面前現身的小妖精，是與天真扯不上邊的個體。體態成熟，臉上露出扭曲的笑容，以諷刺性的眼神抬頭看著他。

「我是愛洛耶。不喜歡的話可以換人，怎樣？」

「……還真是來了個扭曲的小姐啊。」

「我和太嫩的不合適。啊，我拿一根香菸喔。」

愛洛耶嗅出香菸的味道，從史坦克懷裡抽出一根菸。她把香菸插在菸斗上，用魔法點火，大口地吸菸。

她眼睛底下浮現深深的黑眼圈，身上滿是刺青，有點可怕。

（真的來了個女流氓……）

小妖精的形象被她全力摧毀了。

但是，好身材非常引人注目。隆起的胸臀和細小的腰部畫出魅惑的葫蘆型。當事人或許對身材也有自信，穿著像內衣的服裝明顯地露出。這更加提升了女流氓的感覺。

「怎麼啦？小哥，要換人的話就快說啊。」

「怎麼樣呢，客人？」

史坦克比較印象完全相反的兩人。

的確按照要求的小姐來了，但還是有點不搭調。

他那迷糊的腦袋，總算理解了意思。

「該不會……我們是不是在哪裡見過？」

「什麼啊，接下來都要搞了，還從搭訕開始啊？」

「啊～也許是你和其他客人結伴光顧時見過喔～我在很多店家工作過。」

雖然無法釋然，不過算了。史坦克停止思考。

那話兒已經大大地膨脹。

現在只須思考向兩人解放所有的鬱憤即可。

「那，來吧！」

「好喔～畢兒提亞會加油的～」

「嘻嘻嘻，讓我好好地疼愛一下。」

嬌小的，和雖然嬌小卻很大的兩人上了床。

畢兒提亞和愛洛耶，原本並非自己喜歡的類型。

十次大概會有一次試試蘿莉。以吃點珍饈的心情。

基本上會避免一臉墮落的小妖精。因為有點令人害怕。

然而，正因如此，唯獨這次沒關係。

反正都這樣了——不如集中在與平時不同的趣向。

如果對象是很喜歡的類型，NTR的心理創傷可能會復甦。這麼思考過後，他拜託天真無邪的畢兒提亞營造角色。

「爸爸～！」

「唔……！」

史坦克被圓溜溜的眼睛直直地往上盯著，不由得畏縮了。

「怎麼了，爸爸？如果覺得吃不消，要改成叫『哥哥』嗎？」

「的確有點吃不消，不過……」

兄妹玩法體驗過好幾次了，今天想開拓新境地。藉由超越兄妹的不道德，把NTR的不道德全面塗改。

然而，吃不消就是吃不消。

（如果認真過日子，真的已經是當爸爸的年紀了……）

不務正業以光顧夢魔店為興趣，不可能有能力扶養家累。

果然對於當爸爸有點抗拒。

「叫我把拔……」

他刻意全力再向前邁出一步。

「喔，要戳中這點嗎？很內行喔，客人。我知道了～」

畢兒提亞拉著史坦克的手。讓他坐在床邊，然後坐在他張開的大腿上。讓成熟男人的粗壯手臂貼近頸部，接著抬頭看著史坦克的臉。

「嘿嘿……把～拔♪」

「唔咕……！」

口齒不清的叫喚化為空前的衝擊穿透胸口。

他腦子裡一片空白，說不出話。

「嘿嘿嘿，那個，畢兒提亞啊，喜歡把拔的大手手～♪」

她用臉頰磨蹭史坦克的手背。柔軟光滑，孩子的臉頰。像是會弄壞的臉蛋明明這麼小，柔軟的臉頰卻不輸那邊的爆乳。太有衝擊性了。

「把拔，怎麼了？肚子痛嗎？親親會好嗎？」

啾，手背被吸住了。用只能吃下豆粒的小小的嘴唇。那種惹人憐愛的感覺，化為相當於一百道閃電的衝擊劈向頭頂。

「啊哇哇哇！」

史坦克翻白眼痙攣了。

雖是驚人的衝擊，但絕對沒有喚起性興奮。

溫和的溫暖充滿內心，反而使胯下鎮靜了。

「唔唔，這……這就是人們所說的父愛嗎……！」

「偶爾也會有客人以這個為目的喔。沒有做色色的事，只是摸頭玩好高好高，或是請我吃點心。」

竟然花錢做蠢事——自己倒也沒辦法笑別人。

說實在的，史坦克也想摸頭。應該說，已經摸了。不斷地撫摸。隔著滑順的頭髮體驗小小的頭蓋骨的觸感，身體為之顫抖。

也玩了好高好高。抓住她的腋下舉起來。史坦克身為劍士有鍛鍊過，所以覺得她像羽毛一樣輕。

（變得想要保護她……）

沒有事先準備點心令他懊悔。如果親手餵她吃，一定會淨化心靈昇天吧。

「嗚……嗚咕……」

史坦克突然淚眼汪汪。

「把拔，怎麼了？」

「不，沒有，因為和我的人生感覺相差太多，或許出現了拒絕反應……父性真是驚人。」

「真是的，都是因為平時只玩一些奇怪的遊戲。不乖喔。」

鼻頭被她的指頭敲打，史坦克不檢點地笑了。臉部的肌肉鬆弛，不管怎麼看都是傻爸爸的表情。明明只是一般的享樂。

不過，因為心情好，這樣就夠了。

「……所以，我什麼時候可以加入？」

從旁邊發出沙啞的聲音，並且吐來一團香菸的煙。

女流氓小妖精不純真的臉和刺青摧毀了療癒的空間。

史坦克沉醉於父性，都忘了她的存在。

「這個嘛……怎麼辦呢？」

「我也要叫你『把拔』嗎？」

「不，沒辦法吧。開玩笑也要有個限度啊。」

「啊～懂了懂了。那我就按照自己的意思，你們倆就盡情地玩溫暖的親子遊戲～」

愛洛耶拍打翅膀消失在畢兒提亞背後。

「好，那麼繼續父女健全的身體接觸吧，寶貝女兒。」

「是～把拔。」

史坦克和畢兒提亞面對面，讓她跨坐在大腿上，以極近距離凝視彼此。

圓圓的眼睛和柔和的輪廓，加上天真的笑容。

細心呵護養育的寶貝女兒——一旦如此深信，憐愛的感覺便滿溢心中。

（喔，對了。就這麼做吧。）

眼前是自己的女兒。

縱使沒有血緣關係。

就算是曾經背叛自己的——她的女兒。

「唔喔啊啊啊！」

「呀！嚇我一跳！」

「重……重現啦！討厭的記憶！」

那時被睡走的未婚妻的女兒，因為各種原因被自己領回，妄想往這個方向發展了。後遺症依然健在。

「把拔，沒事吧？」

「我沒事……那已經是過去的事了。把拔的寶物只剩下妳這個女兒了，我完全沒事……」

「完全不行嘛，實在是……喝！」

畢兒提亞摟住史坦克的頭。

纖細柔軟的手臂繞住他，手以憐恤的動作撫摸他的頭。

痛苦的記憶變淡了。

「喔喔……女兒的療癒力有效……太有效了……效果驚人……」

「嘿嘿，為了把拔，畢兒提亞會加油的～不怕，不怕～痛苦難受都飛走了～」

「飛走了……我的心昇天到達父性的天國……」

即使沒有性的愉悅，男人也能變幸福。史坦克初次得知這個真理，正要到達忘我的邊際。

但是，這一瞬間，喜悅在胯下奔馳。

「啊嗚……！」

就算身體反射性地彈起，也無法甩掉往緊貼在那話兒的肉感。

愛洛耶抱住屹立的肉莖。

「受不了這陰莖呢。和女兒擁抱卻硬梆梆，這麼沒節操實在驚人。」

「不……不是的！那是因為有一陣子沒解放……！畢兒提亞，不是啦！把拔不是那種糟糕的男人！」

「我沒關係，把拔因為我而興奮也不要緊喔。而且這是我的工作。」

「嗯，是啊！我知道啊！」

辯解也很空虛，男人的翹起因為愛洛耶的體溫愈來愈硬。

「好熱～好熱～到底積了多少鬱憤啊？」

人偶尺寸的小妖精只是抱著。豐滿的胸部擠壓，豐盈的腿纏住，緊緊地壓迫。雖是迷你尺寸，但也有女人的肉感。反而正因身體小，小粒的愉悅碰到各處非常爽快。

「喔……喔嗚，喔喔……！」

「明明是男人，卻不斷流汁，嘻嘻嘻。」

愛洛耶活動身體讓全身沾上前列腺液。

發出咕啾咕啾的猥褻聲音，發黏的肌膚磨蹭怒張棒子。

人類身形的種族無法重現的細微刺激，讓史坦克輕易地淪陷。

「啊嘿，喔……喔，喔耶耶耶！」

「聽到那種可愛的聲音，會突然激起幹勁呢。」

「等……等一下……！在女兒面前要忍住，嗯喔喔……！」

愉悅感侵襲神經，他忍不住抱住女兒。

可是，手臂中並沒有小小的觸感。

不知何時，畢兒提亞從背後抱住他。

「把拔很糟糕呢……在女兒面前被搓搓，有那麼爽嗎？」

「妳……妳在說什麼？畢兒提亞……！把拔沒有……」

「耶嘿，愈來愈大嘍。你打算把這麼大的東西塞進我們體內啊？真鬼畜耶，把．拔～」

「就說妳別叫我把拔……嗯耶耶！」

這次的喘氣聲並非來自胯下。

耳朵被從後面輕咬，乳頭順便被掐一下。

「嗚哇，把拔發出像動物的聲音……咘咘，真～可愛。」

天真的內面隱藏著剃刀般的施虐性。多麼深藏不露的小惡魔。

「爸……爸爸不記得有把妳教育成這樣……喔喔喔喔！」

肉棒被接近疼痛的摩擦感襲擊。男劍特別敏感的傘狀邊緣，被小妖精牢牢地抓住。沒有用指甲，而是用手掌開始摩擦肉槍。

「喂，在女兒面前高潮射出來吧！」

「咻咻地射精嗎？父親的尊嚴全都掃地？」

是Ｓ。

雙倍Ｓ。

明明身材嬌小，兩人卻都是超Ｓ。

「可惡，可惡……！」

史坦克因恥辱與屈辱咬牙切齒，即使如此仍然無法抗拒快感。以前上夢魔店體驗過好幾次輕柔的被虐玩法。Ｍ慾有培育出一定的程度。但他龐大的身軀卻因為背德的喜悅一味可恥地顫抖。

「加油，加油，變態把拔♪」

畢兒提亞含著他的耳朵，用指甲搔他的乳頭。

「在抖動嘍～要射了？不要射？好，最後一擊！」

愛洛耶在關鍵時刻跳起來，利用膝蓋大膽地上下活動。緊繃的雄肉被屈辱的至福感摩娑。

海綿體充滿痛快的電流，大大地彈起。

「我……我……我不配當父親～！」

史坦克噴出了最強烈的敗北感。

他對自己徹底落敗的樣子，甚至感覺到爽快。

「你很努力呢，把拔……射出太多愛洛耶都要溺死了。」

兩腿之間的小妖精幾乎全身都被混濁的黏液包覆。與其說色情，甚至有點超現實的印象。

然而愛洛耶也是熟練的女流氓，她綽綽有餘地笑起來。

「嘻嘻嘻，被弄得全身都是，女人會想要呢……接下來要不要挑戰性交啊，小哥？」

「就算說性交……要用這個插進妳體內嗎？就算是我一半的尺寸，我覺得也很勉強……」

「就算看起來嬌小，我也是夢魔女郎啊。嘿咻。」

愛洛耶爬上肉棒，張開腳用胯下夾住頂端。果然看不出來塞得進去。勉強插入有可能變成必殺技。

要是沒有耳邊的私語，或許他會出於理性制止自己。

「來玩糟糕的人偶遊戲吧，把拔……」

女兒推了他一把。

只能相信了。

——上啊！

史坦克使出了必殺技。

＊

「史坦克，還窩在房裡嗎？我要開門嘍。」

聽到不悅的聲音和開門的聲音，史坦克睜開了閉著的眼睛。

嗚哇……梅多莉大叫皺起眉頭。

傑爾穿過她的旁邊。

「你再不到外頭，劍技和胯下的劍都要生疏了。」

傑爾那種刺人的眼神也感覺很久沒見到了。

懷念之中夾雜放心，使史坦克打了哈欠。

「呼哇……很抱歉，胯下的劍在剛剛還是絕佳狀態喔。」

他嘴角歪斜，稱心一笑。

吊兒郎當又厚臉皮，是史坦克平時的笑容。

傑爾也不由得開心地微笑，貧嘴說道：

「自己玩到射出來太丟臉了，別這樣啊，又不是處男。」

「這點也很抱歉，我不是自己玩。我可是玩了相當長的時間啦，沒發覺嗎？話說，你是不是變囉嗦了？」

傑爾納悶了。

「我聽說你一直在睡覺。」

「喔，這個星期一直都是休眠期。不過，剛剛起床後……」

史坦克望向窗外。

晚霞把街道染成金黃色。和聯絡召喚服務之前是一樣的景色。

從胯下的疲勞感來判斷，他應該在日落之前都幹勁十足。

「昨天梅多莉拿飯菜過來之後，過了一整天嗎……？」

「天黑的時候梅多莉來收走盤子，不過聽說那時候你已經睡熟了。」

「是這樣嗎，梅多莉？」

「是……是啊！你睡到在淫笑，很噁心耶！」

梅多莉不知為何一臉厭惡地把頭撇向一邊。

（如果是天黑時，正是在大展雄風的時候……）

史坦克雙手抱胸對於可疑的情況悶哼一聲。

「……我該不會是在作夢吧？」

「不，我不知道。」

「那種事不可能知道吧。」

那場狂歡作樂並非現實嗎？

他在夢中心理創傷受到療癒了嗎？

而且是墮落小妖精和蘿莉型半身人。這是什麼組合啊？

「……啊。」

忽然間，浮現了比昨晚更久以前的記憶。

「傑爾，之前去過的小妖精專門店的櫃檯小姐，你還記得嗎？」

「當然記得啊。沒想到有那種不純真的小妖精，怎麼了嗎？」

「還有，在性別轉換宿屋甘丘指名的半身人……名字是不是畢兒提亞？」

史坦克繼續詢問，甘丘從傑爾的腋下蹦蹦跳跳地出現。原來他也在啊。

「沒錯，是畢兒提亞。S屬性很強烈，令人受不了呢。」

「確實是有聽過這回事……」

傷腦筋。

兩位召喚娘是過去見過的小姐。

是一場夢的可能性愈來愈高了。

史坦克沮喪無力，緊抓著手中的東西。

是一片青翠的葉子。

攤開一看，上面隱約浮現某種花紋。

他打了個寒顫，上臂起了痛快的雞皮疙瘩。

「傑爾，重播！」

他把綠葉塞給傑爾。

「幹嘛啦，沒頭沒腦的。」

「和布魯茲那時候一樣啊！」

傑爾的眼神瞬間發亮。雖然種族不同，但是胯下的罪業和史坦克一樣。不用多說也能心領神會。

他喃喃地詠唱咒文，葉子上浮現小型魔法陣。

「真的和布魯茲那時候一樣……是古代術式。」

「咦？什麼什麼？怎麼回事？」

甘丘很有興趣地探頭看紙片。

「昨天，『超越時空的召喚女郎』來到這裡。」

自己追求的小姐被派來，享受一番後就睡著了。

醒來時已經過了一段時間，小姐早就不見人影。

宛如夢境的時光。

正是都市傳說中的「超越時空的召喚女郎」。

「你們懂了嗎？是一〇〇%命中率的召喚服務。」

「雖是可疑的機率……看來也並非毫無根據的謠傳。」

「嗯嗯，令男人心情激動呢。」

男人流露出閃亮的目光彼此點頭，這時史坦克站了起來。

他已不再迷茫。他確信猥褻的都市傳說確有其事，指南針用力地指向天空。他沒有穿褲子，赤裸裸地全都露。

「把你胯下的髒東西遮起來啦，史坦克。會被梅多莉殺掉喔。」

「哎呀，雄偉的東西被看見了。也許其他男人已經無法讓妳滿足了，原諒我吧。要不然我來陪陪妳吧。」

「去死！」

使盡渾身力氣扔出的托盤粉碎了史坦克的鼻頭。

令人懷念的痛楚使他笑了出來。

傑爾也開心地笑了。

史坦克的日常生活總算又回來了。

「大小怎樣都無所謂……就算小，只要有技巧……」

唯獨甘丘一人發牢騷似的嘟囔。

「超越時空的召喚女郎」的搜索重新開始。

線索有三個。他們分頭調查。

天使可利姆維兒和犬系獸人布魯茲一同造訪了「性別轉換宿屋」。

「哎呀，是前些時候的天使呢。歡迎光臨。」

頭戴寬檐尖帽子的櫃檯小姐和藹可親地應對。

「抱歉，今天我不是客人……我有件事想問妳。」

「艾莎有上班喔。」

「唔。」

一回想起儀表堂堂的鬣狗獸人，可利姆薄弱的胸膛底下心兒怦怦直跳。

肚臍以下也很想要，不過他搖頭拒絕甩掉雌性的本能。

（我也得加油！）

跌進谷底的史坦克復活了。自己也不能輸。

最重要的是，身為男性對於「超越時空的召喚女郎」也有興趣。

「今天我想問畢兒提亞小姐一個問題。」

「她從上星期就回老家了。預定明天才會回來。」

「昨天或前天她有進行召喚服務嗎？」

「印象中她和召喚服務的店也有簽約，不過回老家的期間應該不會這麼做吧？」

得到一個證言了。

可利姆緊握拳頭玩味成果。

陪同的布魯茲看著小姐的名簿發出低吼聲。

「性別轉換……變成母狗吠叫喘息……汪汪叫像家犬一樣……」

「……布魯茲？」

「不，不是的，可利姆。我並不是有興趣。只是不由得想像，變成母狗被黑毛的漂亮女獸人戴上項圈，被迫舔高跟鞋的樣子，不是興奮或慾望那種蠢事。」

呼吸紊亂的獸人戰士，布魯茲。

可利姆傻眼到極點，視線移往別的方向。

從櫃檯內側的走廊轉角，露出叼著香菸的口鼻。

無法忘懷的獸人的嘴角又令他的心抽動了一下。

「呃……不好意思。」

可利姆和布魯茲付錢收下了性別轉換藥劑。

傑爾和甘丘來到了小妖精專門店「花蜜」。

在櫃檯，果然眼神不善的墮落小姐露出危險的笑容。

「嘻嘻，感謝您又蒞臨光顧。」

「不好意思，今天我們不是客人。」

「那請回吧。這裡可不是閒聊的地方。」

她噓噓地揮手趕人，傑爾覺得掃興。

「別這樣說，而且又沒有其他客人。」

傑爾把史坦克給的一包香菸推到櫃檯小姐面前。香菸毒素強烈，他實在是不喜歡，所以想趕快脫手。

櫃檯小姐抽出一根插在菸斗上。

傑爾立刻用魔法點火討好她。

「噗哈……所以，你想問什麼事？」

「妳有沒有接客？」

「怎麼，想指名啊？那一開始就明說嘛。嗯，我是不太喜歡你這種類型啦，看小費嘍。」

「不是，我不是要說這個。不要用目光打量我！」

被混濁的眼神向上瞪視令人膽顫心驚。傑爾自己的眼神也不太友善，不過實在不如像髒水溝似的櫃檯小姐。假如示弱連腸內的絨毛似乎都會被拔掉。

「我想問妳有沒有做召喚服務啦！」

「比起店裡你更喜歡在自己家裡啊？可惜我們沒有提供那種服務。」

「是喔，我知道了！告辭了！走嘍，甘丘！」

傑爾像是逃走般立刻掉頭。

但是甘丘踮起腳向櫃檯探身。

「今天我要選有點強勢，但其實是M屬性的女孩。」

「那這個女孩如何？」

「喂，你在幹嘛？」

傑爾的手正想抓住甘丘小小的肩膀，卻被他拍打撥開。

「別管我，接下來我要享受小妖精嬌小的身體。」

「之前也享受過了，現在有別的目的吧？」

「我的目的由我來決定。」

甘丘的目光中有危險的色彩。

也就是敵意。

「你還在介意NTR評鑑的事啊？」

「才沒有。反正是種族差異，介意也沒用。而且重點在於技巧勝過大小，與其太緊稍微鬆一點男人也比較舒服，這就叫作情趣吧？人類和精靈完全不懂呢。」

哪裡是情趣，只是直接又低級的話題。

傑爾極力壓抑想要挖苦的心情。之前評鑑的事是自己不成熟。話雖如此，他不覺得非得要賠罪。

「嗯……也有人尺寸太大，沒有人能夠應付得了呢。」

「是啊，看了可利姆就知道。太大也是悲劇呢。太悲哀了。不，真的。那時候可利姆的表情有點有趣呢。」

傑爾漂亮地把矛頭轉向可利姆，覺得對他有些抱歉。

噗哈～櫃檯小姐抽著香菸吞雲吐霧。

「所以，你們打算如何？要做嗎？還是夾著尾巴回去？」

「我當然要做！」

「啊～知道了知道了，那我也順便。有魔力高一點的女孩嗎？」

兩人在規定時間內充分享受了小妖精的樂園。

嚴格說來，夢魔女郎並非夢魔。

因為繼承夢魔的血脈，性服務也是基於本能與習性，是合法且有文化的行為。這是打官腔的說法。

但是，純粹由夢魔經營的夢魔店也確實存在。

史坦克踏進的店正是如此。

宛如魔王的城堡般聳立，六十樓的巨大高塔。

房間數量多達一千間，旗下小姐高達數千人。價格也便宜，享樂時間也比一般店家還要長。

簡直是夢魔店的頂點——話雖如此，史坦克卻很少光顧。這次造訪也不是為了享樂，而是為了取得情報。

「我有事想請教。」

一走進店裡，史坦克立刻開口。他無視櫃檯小姐，凝視著櫃檯上的羽毛筆。他保持警覺不敢碰到淫魔的氣息。

她們也不會隨便使用魅惑的魔力。一個弄不好就會變成違法攬客。不過夢魔的生態就是會引誘男性。

（忍住……在這裡享樂的話會一個星期無法勃起喔。）

與夢魔純粹的交媾超越快樂行為，變成一滴不留地奪走精液的搾取行為。若是沒有相當的覺悟和理由，不會讓人有意享受。

如果不是前幾天才剛透過「超越時空的召喚女郎」鬆一下，可就危險了。

「我想詢問夢魔的事。」

「數不盡的夢魔女郎盼望著男人的那個。」

聲音總之很色情。妖豔的聲響彷彿舔到耳朵內側。

有的夢魔會在夢境這個舞台發揮那種妖豔。進入男人的夢境，以淫亂的幻想包覆者——夢魔。

史坦克與布魯茲的不可思議體驗，或許也是夢之居民幹的勾當。

「超越時空的召喚女郎」的真面目是夢魔嗎？

為了確認真偽，史坦克來到了淫魔之塔。

「這裡有夢魔的召喚服務嗎？」

「想要的話，請用這張念話卡。」

櫃檯小姐遞出畫有店名和魔法陣的紙片。

「只要利用這張卡片聯絡本店，就寢後不久小姐就會進入你的夢境。念話和造訪夢境都是藉由各地的店鋪以魔法轉接，所以距離幾乎不成問題。當然魔法被封住的地方是例外，敬請注意。」

史坦克比較念話卡和描繪魔法陣的葉子。即使缺乏魔法的知識，但也知道形狀完全不同。

「你們店裡有使用這種圖畫的卡片嗎？」

「這是相當復古的東西呢……失陪一下。婆婆，妳知道這個嗎～？」

櫃檯小姐拿著紙片，往櫃檯裡面呼喚。

眼前出現了不像是婆婆的美麗身體。不，該說美麗嗎？還是孩子氣？是像幼兒般皮膚光滑的飛機場小個子。

「什麼事？今天的客人希望玩玩無知幼女嗎？」

「這個小型魔法陣，是婆婆那一代的嗎？」

「我是幼女，不曉得耶～」

「婆婆別說了，聽不下去啦。」

「什麼啦。我靠這一招數百年來持續搾取特濃男汁喔。就連懷妳母親的時候，也把爺爺叫成把拔展開禁忌的——」

「就算是夢魔也別這麼開放啦。」

窺見了令人坐立難安的家庭情況。

祖母夢魔用小小的手抓取紙片。

「啊～這比我那一代還要久遠呢。喂～奶奶！」

繼續回溯到高祖母那一代。

眼前出現了截然不同的豐滿波霸。

夢魔的年齡和精靈同樣從外表都看不出來。若是傑爾或可利姆也許能憑魔力判斷，不過人類劍士卻覺得「嗯，只要是美女就好啦」，他的胯下有點忍不住。

（不，等等，今天已經決定不玩了。）

差點就淪陷了。

「這個魔法陣我好像沒見過……不過也許接近曾祖母那一代使用的東西。」

「真的嗎？我覺得也許是夢魔或接近的種族使用的東西。」

史坦克從高祖母身上移開視線，繼續追問。

「雖然不清楚是否有使用這個魔法陣……不過以前，我聽說過有夢魔店不用靠夢魔就能操縱夢境。」

高祖母沉默一會兒，不斷地點頭。

「睡夢，睡夢……」

「想睡嗎，奶奶？」

「應該說，大婆婆已經睡著一半了。」

「不，不，不——我記得，是叫作，睡夢什麼的店。」

老夢魔的話化為閃電劈向史坦克的腦袋。

「是睡夢托邦！」

那時拿著卡片說話的人，確實說出這個店名。也許是因為半夢半醒，之前都忘了這回事。

「奶奶，可以說得再詳細一點嗎～！」

史坦克像是巴住櫃檯般追問。

高祖母深深地點頭，

「嘶嘶～」

「啊，睡著了。這樣的話三天都不會醒來喔。」

「我帶她回寢室。」

櫃檯小姐拉著高祖母消失在裡面。

線索在眼前消失的無力感令史坦克嘆息。

他正在思考三天後是否還要再造訪時，袖子被輕輕一拉。

「關於那個『睡夢托邦』，我也有聽過喔。」

祖母夢魔孩子氣的臉抬頭看著史坦克。

瞬間進入了視野。

明明宛如孩子的相貌，卻散發妖豔感的夢魔純粹視線。

「聽說有和我同樣類型的小姐，好像是——」

他定下心神避免被誘惑。

蘿莉型在十次之中頂多一次就夠了，他對自己說。

可是，她那可愛的模樣令人無法移開目光。

（這麼說來，畢兒提亞那邊結果沒有插入……就算比較小也不至於到小妖精的程度，半身人的洞當然插得進去啊。太可惜了……）

沒來由的妄想在腦中浮現。不行。不妙。

噗哧，她像大人似的抿嘴笑。

「你有從都市傳說聽說嗎？」

「咦？什麼？」

「啊～不行喔～正在說話時卻對這個嬌小的身軀看得入迷～」

她以口齒不清的語調說出非常羞辱人的話。史坦克只能咬牙切齒地呻吟。

祖母夢魔露出淺淺一笑，用小指畫過嘴唇。她用嫵媚的動作吸引視線，然後像抖落般發出冷靜的聲音。

「『睡夢托邦』現在是叫作……『天空盡頭的夢魔店』。」

史坦克一行人在食酒亭會合後，馬上比對情報。

前幾天，畢兒提亞與愛洛耶進行召喚服務的事實並不存在。

與那個復古的魔法陣同時代的「睡夢托邦」這間夢魔店確實存在。

那裡有掌管夢境的夢魔女郎。

而現在「睡夢托邦」被稱為「天空盡頭的夢魔店」。

「挺有名的呢，天空盡頭那間店。」

甘丘起勁地說。這個半身人在小小的腦袋瓜裡塞滿了雜學資訊。

「聽說從西部荒地向天空延伸的古塔『廢都的朽木』，裡面有沒人進得去的夢魔店。」

「明明沒人進得去，為什麼知道那裡有夢魔店？」

「因為是都市傳說啊……不過，我也有這種疑問。」

甘丘像淘氣鬼似的竊笑。身邊的人也笑嘻嘻的。乖孩子可利姆工作忙到無法抽身。剩下的都是邪惡的大人。

「假如『超越時空的召喚女郎』的真面目，就是『天空盡頭的夢魔店』的召喚服務……至少現在還有營業。」

史坦克在桌子上攤開地圖。

「問題是，西部荒地在哪裡啊？」

「荒地到處都有啊。也不曉得是哪邊的西部。」

大家用手指著地圖，舉出想到的荒地。

但是唯獨傑爾雙手抱胸，目光較為清醒。

「怎麼啦，傑爾？你那個表情，很像在小巷子恐嚇人的小弟角色Ａ。」

「我可不想被小弟角色Ｂ這樣講。我只是想起了，像反派頭目的小妖精所說的話。」

他肯定是指愛洛耶。

「史坦克，那片葉子是你不知不覺拿到的吧？」

「嗯，是誰何時在哪裡給我的，我完全不記得。」

「錢也是不知不覺間不見的，對吧？」

「錢袋裡少的金額剛剛好是費用的部分。」

傑爾皺起小弟角色的眉頭，躊躇了一會兒，然後說道：

「有可能是違法營業。」

大家被彷彿被潑了冷水，都僵住了。

夢魔的服務業是在各地創造巨額稅收的巨大產業。國家也嚴格地修法進行管理。如果被發現惡質的業務內容，將迅速地執行行政指導或停止營業等處置。

「可是，價錢比平均還便宜，服務也不錯……對吧，布魯茲？」

「真想再體驗一次呢……」

「即使服務內容本身沒有違法，召喚服務如果不透過國家發出營業許可的夢魔店，就會馬上被逮捕。至於這種不知是否存在的都市傳說的夢魔店，會特地取得許可嗎……？」

沉悶的氣氛蔓延著。

快要抓住的線索，正要消失在絕望之中。

史坦克用手掌拍打桌子。

「原本以為……原本以為總算要找到了……！」

「若是違法店家，就有點糟糕呢……」

「不，可是，他們也沒有強迫拉客啊。而且現在的半獸人政權對夢魔產業也很寬容。」

「仔細想想吧，甘丘。那是沒人進得了的神祕夢魔店喔。其實也可能是進去的人沒辦法再回來，所以店家資訊才沒有傳開……」

討厭的想像將腦子裡染上黑色。

男人純粹的心願被絕望囚禁。

原本充滿光明的前途，突然被黑暗籠罩。

「我們……只是想在夢魔店爽快一下啊……」

「一臉嚴肅地說什麼蠢話啊？」

梅多莉按人數把麥酒杯排在桌子上。

「哪是蠢話？是男人浪漫的話題。」

「呈現這種宛如試煉的氣氛，達成時才會情緒高昂啊。」

「果然在講蠢話啊。」

有翼人少女離去時，半睜著眼直接說：

「是違法還是合法，這種事去問政府機關啦。」

由於十分直白，史坦克聳聳肩說道：

「就算去政府機關問都市傳說也沒用吧？」

大家姑且乾杯重振精神。

政府機關的事務員一聽完問題，就笑著點頭說：

「喔，『睡夢托邦』的召喚服務啊。嗯，這間店有登記喔。」

得到了很乾脆的回答。

「最近我在整理文件時剛好有看到，數千年前的營業許可一直持續沿用，讓我嚇了一跳呢。地址是這裡。途中總之『廢都的朽木』是一大難關，請做好周全的準備喔。啊，不過店家前面安設了從不打開的門，通過需要一些條件。話說如果解讀文獻，為何會打造那扇門……」

事務員從頭到尾都說明了。

原以為是很想講話的閒人，之後說的話倒是很精明。

「如果你們要前往『廢都的朽木』，我可以拜託一件事嗎？」

結果是互相交換。比起只是一般的親切，有點企圖會使資訊的可信度提高。所以，關於這點倒是沒有意見。

史坦克走出政府機關望著遠方的天空。

「如果一開始先來政府機關詢問，一次就能搞定了吧……」

「別說了，史坦克。」

傑爾也遙望遠方似的看著雲彩的縫隙。

## 第六話

# 廢都的朽木

數千年前，西部王都極盡榮華。

那是魔法文化興旺，繁榮絢爛豪華的光之都。

白天的光芒充滿夜間，許多高塔直衝天際。

但是，支撐繁榮的眾多魔法基礎建設，在現代是禁咒之流。它們貪食大地的精力，幾乎帶來毀滅——國王沒有採納眾賢者的忠言。和人民同樣沉浸在文明的光芒之中。

結果，大地連同王都一起腐朽了。

一夜之間草木枯萎，建築物化為沙土，魔法的光芒消失。

已經變成連野獸昆蟲都不願居住的荒地。

新國王毫不猶豫地遷都。

「腐朽的王都沉睡了。等到大地復甦之時再回來吧。」

被拋棄的廢都位於新都西方，所以後來被稱為西部荒地。

然後——現在。

西部荒地充滿了綠意。

由於過度生機盎然化為了叢林。

放眼望去盡是一片翠綠。

頭上被枝葉的寶蓋覆蓋，樹下雜草長到纏住雙腳。

一行人的視野在這兩天都是整片綠色。

「荒地是指這種地方嗎……」

可利姆一臉疲憊地說。

因為他在空中浮游，腳下不好走沒有關係，不過翅膀卻屢次被樹枝勾住。

也許是因為空氣很悶熱，有點喘不過氣。

「這一帶變得荒涼是千年前的事了。」

傑爾像滑行般輕快地前進。

「當時精靈就任王位推動了綠化計畫，不過生長促進用的魔法似乎太有效了。再不控制可就糟了，在出現這個意見之時，因為選舉由其他種族成為新王，置之不理的結果就是這樣。」

「反正就是拖拖拉拉吧？精靈基本上都很散漫。」

雖然史坦克比不上傑爾，不過腳步已經習慣走難走的路。

「我們比其他種族更長壽，所以時間的感覺也不一樣。雖然由我來說有點那個，不過每個人都不遵守約見面的時間。」

「傑爾在這方面並不散漫，倒是很勤快呢。」

「不遵守時間就會嘗到苦頭。像是在夢魔店的時候。」

不可小看延長費用。這是能夠理解的理由。

「大家～這邊這邊～」

走在前頭的甘丘在前方大聲叫喊。半身人的短小身材隱藏在雜草之中，他一蹦一跳時才總算露出頭。

可利姆等人追上他，剛好到了密林的邊緣。

展現在眼前的，是宛如連綿到地獄的深不可測的溪谷。

峭立的斷崖峽谷中是一片危險混濁的微暗。

——喔喔……喔喔……喔喔喔……

和密林的空氣完全相反的乾燥風刮過，奏出像是慟哭的聲音。

「瞧，高塔在那裡。」

高塔就在大家的前方。

漆黑的高塔從谷底向上延伸，頂點正好在視線的高度。

相當於最頂層的外牆，懸掛著一塊老舊的招牌。可以確認上面寫著無法解讀的古代文字，並且畫了半裸的女性。

「用以前的文字寫著『睡夢托邦』啊。」

「破壞了溪谷毛骨悚然的氣氛。」

「不過那個招牌破爛的樣子反而令人毛骨悚然……」

「像是凋零的祕寶館那種感覺呢。」

實在毫無緊張感。

「話說……根本不是天空盡頭啊。」

「很普通的地面高度呢。」

「可以不用特地從下方攀爬，直接從上方進去嗎？」

史坦克向傑爾使眼色。

「偵察看看吧。」

傑爾對樹葉施展魔法，讓它有了模擬的視覺。他閉上眼睛，眼皮底下映出了樹葉所「看」到的景象。

樹葉乘著風，以螺旋狀的軌道從高塔上方往下迴轉觀察。

「不行啊……既沒看到窗戶，屋頂也沒有入口。」

「所以說，正如政府機關的資訊，只能從一樓一層一層往上爬啊？」

「我有準備繩索喔。」

甘丘把粗繩綁在樹幹上，然後垂到谷底。

（果然大家都很厲害呢。）

可利姆默默地感到佩服。

冒險時的史坦克一行人跟平常大不相同。並非酗酒沉溺於玩女人的墮落無賴。他們就像擁

有工坊的工匠發揮熟練的本事。

「可利姆也要使用繩索。就算有翅膀，要是被風吹走也很危險。」

「知道了，我會小心。」

現在的史坦克擁有擔心伙伴的餘裕。和平常的廢人樣真是判若兩人。每次冒險時都令他覺得「這位是誰啊？」。

眾人利用繩索從斷崖垂降，可利姆突然發出嘆息。

「怎麼了？繩索摩擦胯下讓你有感覺嗎？」

「不……不是啦！我也是會想事情的啊！」

果然這傢伙是個糟糕人。

「可利姆的尺寸會一直卡住吧？啊～討厭討厭。」

這個半身人為什麼有點不高興啊？

「谷底被黑暗籠罩。對天使來說有些不舒服吧？」

「是啊，就是這樣。真不愧是傑爾。」

「鬱悶就到『睡夢托邦』全部噴出來吧！積愈多愈爽快喔～」

「果然傑爾先生也是這種人呢！我早就知道了啦，哼！」

所有人都痛快地開黃腔。

「話說之前去過的店，小姐說可利姆射出來的量很驚人呢。」

「該不會連睪丸都很大吧?太狡猾了。」

「感覺看起來也沒那麼突出啊……」

黃腔停不下來。差勁。

「喂~可利姆,你可以射出一杯麥酒杯的分量是真的嗎?」

「這種事哪說得出口啊!」

「你不否認啊?太威了吧。」

總覺得想要飛回食酒亭了。

吱——刺耳的尖銳叫聲響起。

在回頭的瞬間,一團黑影覆蓋在可利姆的臉上。

「嗚哇啊啊!」

混亂中他放開了繩索。

纖細的身體被拋向空中。

由於事出突然,他的翅膀僵硬了。沒辦法浮游。

史坦克迅速地採取行動。

「嘿!」他用指尖彈出小石頭,命中貼在可利姆臉上的那團黑影。

黑影受到驚嚇飛上天空。是蝙蝠。

接著甘丘放開繩索,抱住空中的可利姆。

「甘丘先生，你又不會飛，太亂來了！」

「沒事沒事～史坦克，拜託了。」

「好。」

不知不覺間甘丘和可利姆的身體已經被新的繩索纏住。甘丘拋出附有重物的前端，被史坦克抓住。在兩人在回到原本的繩索之前，他用一隻手完全撐起天使和半身人的體重。

這段時間，傑爾紋絲不動。他把樹葉貼在嘴唇上，目不轉睛地看著聚集在溪谷暗處的蝙蝠。

「……好，我已經叫牠們別來妨礙了。」

「附上翻譯的魔法念話嗎？」

「哪有辦法做那種麻煩事。是以草笛的要領讓葉子震動，發出只有蝙蝠聽得到的聲音。」

轉眼間的救出劇。

面對有點恍惚的可利姆，史坦克像個年長者給予忠告：

「哎，說蠢話是沒關係啦，可是要注意安全啊。」

「不，那個……沒什麼，嗯，對不起。」

雖然說蠢話的人是史坦克他們，不過疏忽大意的人只有可利姆一人。其他人面對緊急事態都能毫無差錯地對應。

（果然這些人……並非一般的廢人。）

他們順利地降到谷底。途中原本擔心繩索長度不夠，不過恰好到達谷底。也許那是伸縮自如的魔法道具。

大約高塔五十樓深度的盡頭，被黑暗籠罩著。

因為是斷崖，不只是陽光照射不到。天使可利姆過度敏感地感覺到不自然的厭惡感。站在淨是岩石和乾土的地面上，便令他纖細的身體顫抖。

「你們……不覺得這裡讓人非常不舒服嗎？」

「會嗎？我倒覺得……不，有點陰森森的呢。」

「是有點心情陰沉，只有這樣吧。」

甘丘和史坦克並未受到太大影響。

「因為人類和半身人不是很害怕黑暗的種族。該說是強壯還是頑強呢，或許是習慣黑暗吧？不過實際上，這個谷底有相當濃厚的黑暗魔力沉澱，所以最好別待太久。」

雖然傑爾感受到魔力，不過沒有像可利姆那麼不舒服。

「那就趕快進去吧。」

在史坦克一聲號令之下，四人與「廢都的朽木」對峙。

從黑暗谷底抬頭看的封印之塔，比起從上方俯視時更加不祥。

宛如吸取瘴氣，完全枯萎的樹木般。

「被魔王封印的古代巨塔——是嗎？」

入口在正面大大地敞開。

在踏入的瞬間，感覺有腐爛的舌頭舔了背後。

「廢都的朽木」原本建在新都附近的夢魔街。

無數的夢魔店雜亂地容納於此的性產業精華。

原本的名稱大概是「快樂之塔」或「情色之塔」或「淫亂之塔」吧？這是史坦克說的，不過這件事暫且不提。

有一次，塔被連根拔起，然後插在西部荒地。

由於力道的衝擊使地面裂開崩落，因而變成斷崖。

那是當時掌握政權的魔王的驚人強大力量。

魔王厭惡這座塔。

憎恨最頂層的夢魔店。

他施加封印，數千年來讓外人無法踏進店家。

石砌的高塔內部略有寒意。

在畫示意圖的傑爾身體發抖。

「店裡的時間流逝很慢——如果公務員的話是騙人的，那可就糟了。」

「別嚇人啊……豈止歐巴桑，可能都是幾千歲的老奶奶，與其說是夢魔店，更像是死神陳列架啊。」

甘丘用止不住顫抖的手臂抱住自己。

唉~史坦克以一副受不了的樣子嘆氣。

「你們都過於被年齡拘束了吧?只要外貌可愛就好啦。」

「不,你的眼睛爛掉了啊!」

「人類不要再增加精靈大嬸的需求啦!精靈專門店都是大嬸,根本不能隨便踏進去啊!」

對話內容和在酒場時沒兩樣。

只有天使可利姆一臉嚴肅。

「還在二十三樓……」

「廢都的朽木」每個樓層的面貌都大不相同。

從一樓到三樓,是中央有大型挑高空間的簡單構造。

之後是迷宮,格子狀的走廊是門扉整齊排列的構造,有很多條死路,必須尋找隱藏通道,類型不盡相同。

二十三樓大致是迷宮。通道狹窄到兩手左右伸直就會碰到牆壁,彎曲複雜,有時左右還有房間。

「這座塔完全不打算迎接客人呢……」

從塔的建立經過來看,構造如此錯綜複雜很奇怪。石材也毫不掩飾地露出,也許是因為壁紙和地毯屈服於時間的推移。

「怪不得政府機關特地委託工作給我們。」

最前頭的史坦克說道。

這次的目的不只「睡夢托邦」。因為被委託詳細調查「廢都的朽木」，所以必須一層一層謹慎地前進。

隊伍前頭是提著出鞘之劍的史坦克，接著是正在畫地圖的傑爾，負責拿提燈的可利姆，殿後的是感覺敏銳的半身人甘丘。

「嗯，在這裡製作示意圖大概也沒什麼用處。」

傑爾露出苦笑聳聳肩。

「什麼意思？」

「你藉由魔力的流動應該隱約知道吧？這座塔，內部構造正在一點一點地改變喔。」

聽了這話，可利姆試著觸碰牆壁。

透過手掌，他感覺到脈搏跳動般的魔力。

「這個……牆壁是活的？」

「大概是魔王的傑作吧。把這座塔本身變成了一種魔像。」

「喂喂，這座塔該不會突然開始走路吧，我可不要被扔到陌生的土地。」

史坦克邊說邊嘆氣。

「塔本身不會移動啦。終究只有內側的變化。牆壁和地板慢慢移動，用了幾十年讓內部構造完全改變。」
這也是以精靈的時間感覺來看的話，並非那麼長久的時間。
「我也這麼覺得。看看地板的刮傷或灰塵的厚度，一兩天不會有事啦。五年繪一次圖應該沒什麼問題。」
甘丘蹲下調查地板，捏起某個東西高高舉起。
「比起這座塔本身，這個更麻煩。」
一根滿是灰塵的針——不，可能是又粗又硬的毛。
「就是說啊。」
史坦克微微搖晃出鞘之劍。
「是啊。」
傑爾迅速地把示意圖摺好架起弓。
來不及判斷的人只有可利姆。
前方十公尺處有一扇左右敞開的門。
沙沙，從右邊入口發出了靜靜的腳步聲。
那是黑色毛球般，雙足行走的怪物。
如果以人類為基準，是孩子大小的體格，不過頭和手臂都被埋在圓滾滾的毛球中。目光炯炯的紅眼睛，和圓圓地張開的口腔內排列的牙齒，令人覺得猙獰。

「嗯啵啵啵。」

毛球從左右的門扉不斷出現。

此外從背後的通道，也傳來沙沙的輕微腳步聲。

「欸，也太多了吧！」

「聽這腳步聲，大概有十三隻吧？」

「這群傢伙不會是『睡夢托邦』的小姐吧？」

「敲詐嗎？我湧起殺意了。好，幹掉牠們。」

史坦克緩緩地左右搖晃同時前進。

他像是酒醉般腳步踉蹌，那群黑色毛球露出困惑的樣子。

「咻！」

剎那間，史坦克以閃電般的迅捷步法縮短間隔。

極端的緩急使得黑色毛球無法對應。

篤，劍鋒將前頭的黑色毛球從口腔刺穿到腦髓。

史坦克再跨出電光石火的一步。

「咻！」

劍往側面滑動，將黑色毛球的頭部上下切斷。

疾行的劍刃淺淺地切開後面一隻黑色毛球的眼睛。

更後面的黑色毛球「嗯啵嗯啵」地發出怒吼揮舞棍棒。

牠的頭被傑爾的箭矢射穿，奪走了性命。

「傑爾，這邊沒問題，後面就交給你了。」

「好。」

傑爾把箭搭到弓弦上回頭。

四隻黑色毛球一齊跌倒。

似乎是被甘丘暗中裝設的線給絆倒。

「幹得好，甘丘。我請你吃一盤食酒亭的炒豆子。」

「真小氣。要有肉啊，牛肉。」

篤、篤、篤，黑色毛球的頭被箭矢有節奏地射穿。

史坦克在前方掀起血花的風暴。他的劍技雖然粗野卻十分巧妙。不會在狹窄的通道裡卡住，又能輕易地躲開敵人的攻擊，並且準確地命中要害。

單方面的虐殺。

連讓那群毛球逃走的時間也不留。

「這是最後了。」

最後一隻被刺中心臟。

他拿布拭去劍上沾的血的動作，令人看不出任何感慨。就像完成早上起床洗臉那樣自然的動作。

「這些傢伙身上有值錢的東西嗎？」

「雖然有用獸骨加工的裝飾品，不過看起來無法變賣呢。」

「毛皮整理乾淨倒是可以賣……不過一想到加工的勞力時間就……」

可利姆斜眼看著三人開始翻找屍體，後退一步捏著一把汗。

（大家都很習慣……殺戮、搶奪。）

背脊竄起一陣寒意。雖然這是地上的道理，但是對於只知道天界的可利姆來說，強烈鮮明到太過可怖、而且驚愕。

「啊……」

這時可利姆看到了。

從剛才來的路的轉角有一對小小的眼睛在窺視這邊。

是黑色毛球的小孩嗎？柔弱顫抖的樣子令人心酸。

「呃，那個，大家，我們繼續趕路吧！」

可利姆超過正在翻找屍體的三人，走在前方的路上。為了引起注意，他特地降到地板發出腳步聲。

「怎麼啦，可利姆，突然提起幹勁？」

疑惑的目光集中在他身上。

他立刻想藉口，目光游移不定。

「……我想趕快到達『睡夢托邦』。」

「什麼嘛，是這樣啊。真是拿你這個色情天使沒辦法～」

史坦克一面賊笑一面站起來。另外兩人也跟著起身。

「年輕人性慾噴發，要他忍耐也很可憐呢。」

「陽具愈大性慾也愈強吧？嗯，因為很大啊。」

「又……又說這種話～大家明明也興奮不已啊～」

他們繼續前進。

在彎過轉角的時候，可利姆瞥了後方一眼。

黑色毛球的小孩跑向同族的遺骸。

那幅景象令他留下了深刻的印象。

降臨到地上後，他明明看過很多怪物的生死。只是命運有一點不同，竟然如此刺痛人心。

「這座塔實在令人鬱悶呢。」

史坦克歪著嘴嘟囔，傑爾應了一聲「嗯」。

「剛才也說過了，這裡的黑暗魔力很強烈。因為有天使在身旁，我們多少受到中和，不過可利姆情緒應該變得很差吧？」

「是啊……或許有些消沉。」

一發現前方有向上的樓梯，他們心情變得稍微開朗一些。

「爬上去就算走遍了二十三樓。還有一半呢。」

他們朝著通道前方的樓梯前進。

甘丘的耳朵抖動了一下，就在此時——

「大家快跑！」

高塔劇烈地搖晃。

鋪在腳下的石材開始搖晃，交錯地浮起又下沉。

地板隨時都有可能崩塌。

雖然浮在半空中的可利姆沒關係，不過傑爾的腳完全被絆住了。就連體格壯碩卻身輕如燕的史坦克，也沒有餘裕幫助別人。

「連陷阱也會自動產生啊！這座塔……！甘丘，繩索丟給我！」

「你欠我人情啊，傑爾！」

甘丘把繩索的一端交給傑爾然後開始跑。他不把震動當一回事全力快跑，眨眼間來到樓梯前。

「嗯啵啵！」

背後有團黑影跳過來，直接擊中甘丘的頭部。

「啊呸！」

甘丘向前跌倒，繩索從手裡鬆開。

那裡的石階和甘丘一起落下。

「甘……甘丘先生——！」

「嗯啵啵！嗯啵啵！」

黑色毛球的小孩在他背後開心地蹦蹦跳跳。

（是剛才那個小孩……！）

黑色毛球的側面牆壁，有一部分不自然地塌陷。那大概是讓地面崩塌的開關吧？牠的腳下也沒有崩塌的樣子。

「啊～可惡，被擺了一道。」

史坦克向前彎敲打地面試圖穩定，然後加速。雖然不像甘丘那麼敏捷，但仍確實地前進，並撿起掉在地板上的繩索。

他跳過甘丘掉落的洞穴，好不容易到達樓梯。

「嗯啵！」

「嗚哇！危險！」

黑色毛球扔出的黑色東西掠過史坦克的頭。撞到樓梯破裂。飛出掉下來的東西是白眼珠。是黑色毛球的頭顱。

牠異常開心地扔出同族的遺骸。

「你應該要哀悼死者吧！你沒有親人之愛或鄰人之愛嗎！啊，沒有吧？從扔的方式甚至感受不到復仇心，根本是在玩吧？感覺對你非常失望啊！」

失望的叫聲被地板掉落的轟然巨響完全蓋過。

立足點全部消失。

可利姆在現場飄浮，被猛然瀰漫的飛塵嗆到。

史坦克滑進的樓梯恰好在崩落範圍外。傑爾抓住他垂下的繩索。

「嗯啵啵！嗯啵，嗯啵！」

黑色毛球的頭顱不斷地突破前方看不清的塵土。雖是不分敵我毫不留情的攻擊，但是對方的視野也被遮住，所以沒有直接擊中。

「一旦穩定後我們就贏定了。」

傑爾的手腳纏住繩索固定，他靈巧地拈弓搭箭。

射出的箭穿透塵土，發出「嗯啵」的慘叫。還有落下摔爛的聲音。

「好，上來吧。」

史坦克把傑爾拉上來，不等塵土散去如此說道。

「等……等一下！甘丘先生掉下去了！」

都是因為可利姆同情那個怪物——

「沒關係吧，他是甘丘耶。」

史坦克粗魯地說。

「聽起來連很下面都崩塌了耶！而且後來掉落的石頭，也許把他壓碎了……」

「不會，沒事啦，他是甘丘耶。」

「可是，可是……！甘丘先生的確身體靈活又靈巧，可是不像史坦克先生那麼強壯，也不像傑爾先生會使用魔法……！」

兩人互看一眼，砰地拍打可利姆的頭和肩膀。

「你不知道半身人有多頑強。如果不是正面對決互砍，這個種族不會那麼輕易死掉的。」

「這個種族是求生能力的天才。雖然不像我們精靈擅長魔法，但是無論任何狀況都能靠身體能力保住性命，他們全身都熟知求生本領。」

他們絕非看輕甘丘。

正是因為信賴，所以才不擔心。

（和什麼都不會的我不一樣……）

比起無法充分運用天使力量的可利姆，甘丘更加強壯。從史坦克他們的態度能理解這一點，在放心的同時也湧現丟臉的感覺。

「話說，提燈怎麼了？」

史坦克看著可利姆的手邊說道。

「啊……可能剛才掉下去了。」

「不過現在滿亮的耶。」

三人回頭尋找光源。

崩落的地板痕跡非常明亮，而且有些溫暖。

瓦礫堆積的下方樓層正在燃燒。

「……我記得有一層樓沾滿油呢。是被掉落的提燈的火點燃了嗎？」

傑爾冷靜地分析狀況。

「呃……那甘丘先生他……」

「總之先滅火吧。」

傑爾使用魔法把火熄滅。三人暫且等待。

豈止甘丘出現的跡象，連一聲呻吟都聽不見。

「……半身人很頑強所以沒問題啦！對吧，傑爾！」

「嗯，因為我們相信甘丘啊！好，往上走吧！」

「啊啊啊啊啊，都是我害的……！」

三人像是逃難般爬到上面的樓層。

三十樓之前通道狹窄，天花板也很低。

出現的怪物都身材短小，被史坦克拿劍威脅大多就會逃走。

三十樓之後天花板逐漸變高。

通道也變寬，有時會出現稍微大隻的怪物。不過靠史坦克的劍和傑爾的弓箭就能輕易地擊退。

四十樓。

天花板高到得抬頭看，樓層整體變成圓形的大廳。

並沒有看到向上的樓梯。

「從之前的天花板高度來計算，也許快要到最頂層了。」

傑爾摺起示意圖收進懷裡。

「也就是說，那傢伙就是最後的試煉啊？」

史坦克持劍擺出架式，目不轉睛地看著前方的「試煉」。

「……很大隻呢。」

巨大的怪物站在樓層的中心。

至於說哪裡大，牠有一張血盆大口。應該說，只看得見牠的嘴巴。

足足可以吞下三匹馬的嘴巴在眼前張開。

像大劍用來切開的獠牙，如大鎚般用來磨碎的牙齒密密麻麻。

「來了！」

可利姆的手被史坦克拉著。他的遠近感失常，搞不清彼此的距離。

啪鏗！

千鈞一髮之際，特大的牙齒咬了個空。

從側面來看，那簡直是「嘴巴」的怪物。

相對於可能有一般馬廄大小的瓜子形頭部，西瓜形的軀體大約占了七成以上。雖然也有如同巨木般的四肢與像蜥蜴的尾巴，但是印象全都集中在頭部。也就是「大嘴巴」。

「啵嗚。」

大嘴巴怪物遲鈍地活動四肢，只有頭急速回轉。

啪鏗！牠再次咬了個空。

牠繼續伸出頭用牙齒咬。

宛如因為空腹而負氣般，牠屢次搖頭追趕獵物。

啪鏗！啪鏗！牠反覆咬合。

「咿！嗚哇！哇啊！咬定！咬緊！咬住！咬下！咬中！」

可利姆的鼻尖屢次面臨牙齒的開閉。要不是史坦克拉著他的手臂，都不曉得幾度變成怪物的午飯了。

「喔，嘿咻，喔～這可不是鬧著玩的。」

和所說的話相反，史坦克的聲音缺乏緊張感。他悠閒地到處奔跑，用斜眼冷靜地捕捉怪物

的動作，

「喔！喔！啊！剛才差一點。」

「不要嘰嘰咕咕地說出可怕的話！」

「因為是第一次看到的怪物，我在想該如何進攻。知識淵博的精靈先生覺得如何！」

這時發出了喀叮喀叮，像是敲擊打火石的聲音。

與史坦克他們往反方向逃走的傑爾保持距離射箭。

灰色乾燥的表皮輕易地彈開箭頭。

「嗚欸，好硬啊～這大概不是野生的怪物。我有先用咒文強化箭矢了，完全不管用啊。」

「拿劍砍要是刀刃缺損了也很討厭……質感上算是一種魔像嗎？」

「嗯，既然如此……是這樣啊。」

「大概是這樣吧。」

只有兩人自個兒明白了。可利姆也沒有餘裕詢問。啪鏗啪鏗地緊追不捨的大嘴巴就夠他膽顫心驚的了。

「果然重點式地瞄準可利姆呢。」

「咦？我……？咦，我被盯上了嗎！」

「如果不是的話，我早就把你拋到安全的地方了。」

「牠優先瞄準光屬性的魔力呢。」

可利姆實在不得要領。史坦克和傑爾也是一副自己知道就好的表情。

（就算我知道，反正也幫不上忙……）

在這場冒險中可利姆只不過是個累贅。他一直扯後腿，甚至是害了甘丘的麻煩人物。

大嘴巴怪物看起來就像定罪的化身。

「這個魔像是和塔配成一組製作出來的守衛。所以不想讓天使通過。」

傑爾從懷中取出小瓶子並且傾斜。流下的水滴打在石板上。

「怎麼回……嗚哇！咬，要咬，啊，沒事啊……！呃，這是怎麼回事？」

「總之……你是絕佳的誘餌啊～！」

史坦克使盡渾身力氣把可利姆過肩摔。

可憐的天使在空中飛舞。

「嗚哇啊啊啊啊啊啊啊啊啊啊啊啊啊啊啊啊啊啊啊啊啊～！」

他以非常驚人的氣勢飛越怪物的頭頂。

怪物追著他嘴巴朝上。

「全力拍打翅膀啊，可利姆！直直地往那個方向逃走！」

「咿咿咿咿！要死了要死了要死了～～！」

即使用翅膀的力氣推進也很難加快速度。過肩摔的力道占了八成。

但是，怪物的動作很遲鈍。由於牠只會追水平方向的目標，所以無法對應上升下降的動作。

「唦啊啊！」

怪物轉換成完全相反的方向，抬頭啃咬可利姆的翅膀。

猛然間，牠的姿勢失去平衡。

牠的右前肢被膠狀的黏液黏在地板上拔不起來。

那裡正好是傑爾從小瓶子灑出水滴的地方。

「上鉤了，史坦克！」

「好，用那招吧！」

史坦克把劍收進劍鞘解開腰帶扣具。

會合的傑爾詠唱咒文敲打劍鞘，劍與劍鞘裹著朦朧的紅光。

「鼓足幹勁試一試吧！」

史坦克毫不猶豫地衝進怪物的腳下。

他張開雙腳使勁站穩，連同劍鞘揮動大劍。

紅光畫出弧形，在擊中的瞬間，發出爆炸聲。

怪物的左後肢粉碎，巨大的身軀大幅傾斜。

「唦喔！」

史坦克低身穿過瞬間揮動的尾巴。

憤怒的追擊。右後肢也粉碎了。

「好厲害……！」

可利姆從大嘴巴咬不到，幾乎碰到天花板的高度俯視戰況。

他對於史坦克他們戰鬥的樣子再次深感佩服。劍鞘帶有的紅光大概是讓劍與劍鞘變堅固的輔助魔法吧。雖然擊碎石塊的劍技也很驚人，不過以最低限度的魔法改變形勢的傑爾也很厲害。

（為什麼找我這種沒用的人一起來呢……）

進入安全地帶後有餘裕思考，可利姆強烈地厭惡礙手礙腳的自己。

他嘆了口氣感到無力。

瞬間，怪物的身體收縮成螺旋狀。

「咦？」

頭伸過來了。嘴巴一口氣逼近。疏忽大意的天使來不及反應。

「可利姆！」

「快躲開！」

腳下如刀劍般的牙齒殺到。

他沒時間振動翅膀。

他心想：完蛋了。

「喂～！」

近處發出怒吼聲，天花板的石材掉下一塊。

從空隙跑出來的人影抱住可利姆，把他推到正側面。

啪鏗！

怪物的嘴巴又咬了個空。

「發什麼呆啊！會死掉耶！」

身材短小的救星精明地把帶鉤繩扔向牆壁。他以卡住牆壁接縫的鉤子為支點，利用離心力畫出弧形，兩人在離怪物一段距離的位置著地。

「甘丘先生！你還活著啊！」

「只是有點燒焦啦。頭髮捲起來了！」

雖然他身上飄出燒焦味，卻仍精力充沛。半身人確實很強健。

「啊，史坦克、傑爾。那傢伙的頭頂在發光喔。也許是讓魔像活動的魔法裝置。」

「既然如此那就好辦了。上吧，史坦克！」

傑爾重新詠唱咒文，再次敲打史坦克的劍鞘點亮魔力之光。

「喔，我要上嘍。」

史坦克提劍疾奔。

他踩踏怪物的尾巴，在牠背上奔跑，轉眼間到達頭部。

不給怪物半點時間露出獠牙，劍鞘的一擊決定勝負。

「啵喔……」

劍鞘的光和怪物頭上的光互相抵消，然後一起消失。

怪物變成無數的石塊潰散瓦解。

甘丘在崩落後，無意中發現了高塔的捷徑。

他通過狹小的空隙，往上爬，不斷上升，走到大廳的天花板上面。

「看來沒有一般的向上樓梯，只能通過天花板上面了。」

「就算這麼說，這也太窄了吧！」

「完全以半身人為前提啊～！很故意耶！」

史坦克和傑爾辛辛苦苦地在非常狹窄的空間內匍匐前進。

「我……我也很勉強……！一直卡住……！」

「喔，是指威猛的那話兒？」

「摩擦地板是很舒服，但可別上癮喔。不然其他的刺激會不管用。」

「瞧，這種時候半身人的尺寸就派上用場了。適才適所很重要呢。堅持一定要大非常愚蠢，懂了嗎？」

「我是在說翅膀啦！」

他們在回音很大的天花板上面閒聊，慢慢地前進。

不久頭上出現一扇門，有人放心地嘆出一口氣。
他們打開門像彈跳般爬出，乾燥的風吹拂頭髮。
夾著峽谷的密林一片翠綠。
怎麼看都是屋頂。
「傑爾……『睡夢托邦』應該在最頂層吧？」
「的確沒看到『封印之門』……從示意圖來看，感覺剛才的大廳沒有那樣的空間啊。」
「該不會早就歇業了，只是沒有向政府機關申報？」
可利姆不顧絞盡腦汁哀號的三名資深冒險者，伸直食指說：
「是不是那個？」
所有人追著可利姆的視線。
上空浮現出不自然的光芒。
圓環內外排列著奇怪的文字，是一個與高塔屋頂幾乎相同面積的魔法陣。
「那就是封印之門啊……！」
「原來如此，大概從外頭看不到這個東西吧。從高塔下方往上爬本身也算是一種儀式魔法，設計成到達屋頂門就會出現。」
「也就是說，只要打開那扇門就行了吧……！」
傑爾點頭，他高舉手臂指向天空說道：

「『睡夢托邦』一定就在那片天空。門應該有通往那裡。」
這才是真正的「天空盡頭的夢魔店」。
這群男人的臉頰興奮地泛紅。
「那……那個！」
可利姆在關鍵時刻提高音量。
「我會努力把大家運到門那邊！雖然力量還沒恢復，不過這一小段距離我飛得過去！」
他不清楚現在的自己能否發揮抱著人飛起來的浮力。
即使如此，他仍想為伙伴略盡心力。
「嘿，說得好啊。」
史坦克露出無畏的笑容，拍拍可利姆的肩膀。
「天使可利姆維兒，不管你能不能飛，這是你出場的時候。」
「嗯，這件事只有你辦得到。」
「可利姆，把你的力量借給我們。我是為了這個才救你的。」
大家拍打他的肩膀。甘丘甚至還踮起腳。
（大家仰賴我……！我受到依賴！）
天使可利姆充滿歡喜的表情，幹勁十足地握緊拳頭。
「若是我能做的事，請儘管開口！」

「那麼，你就打個手槍射在門上吧。」

史坦克的白色牙齒在閃耀。

一段沉默的時間經過。

這個人有抽菸牙齒還這麼漂亮～哈哈哈，可利姆的思緒飄到不相干的方向。完全跟不上他的想法。

「我在政府機關問過了，那個封印用神或天使的精液噴灑就會開啟。」

「啥？喔……啥啊啊啊啊啊啊啊啊啊？」

可利姆理解後，立刻大叫。

「我……我沒聽過那種事！」

「因為我沒說啊。」

「要是說了你絕對不會跟來。」

說得也是。哪有可能跟來。這是下界不講理的極致。

「魔王真的很討厭『睡夢托邦』，所以製作了絕對打不開的封印。畢竟神和天使不會降臨到地上嘛。」

「而且一般人也不會拜託神或天使打手槍後射在上面。」

「確實如此！可是，可是，咦咦咦咦咦咦咦！」

天使的哀鳴被從山谷刮上來的風吹動擴散。

頭髮隨風飄蕩，下界的這幾個男人露出爽快的笑容。
「不過，我們有你這個互相信賴的伙伴！」
「藉由我們情誼的力量解放『睡夢托邦』吧！」
「可利姆，加油！我把珍藏的夢魔影片借給你！」
甘丘把記錄了猥褻影片的水晶硬塞給他。
三人宛如向老天獻上供品般把可利姆拋向空中。
「可利姆的長處！讓我們看一下！」
「看～啊看啊看啊！尻槍！尻槍！」
「尻槍！尻槍！」
「嗚哇啊啊啊啊啊啊啊嗯！這群人真的很糟糕～～～～！」
他不想做。事關天使的尊嚴，怎能在別人面前自慰。
本來就羞恥心強烈的可利姆，這對他來說接近拷問。
可是──
有個令他困擾的弱點。
一想到在塔裡捅的婁子，他無法選擇什麼也不做就逃回去。
「啊唔唔唔……！至……至少別看著我啊！」
可利姆自暴自棄地飛起來。朝向天空的故鄉高高地飛起。

他在封印之門前停止。

大口深呼吸，做好心理準備。

「嗚嗚，為什麼我這麼倒楣……討厭啦啊啊！」

天使用自己的手開始自瀆。將與大地呈水平展開的頭上的魔法陣當成標靶。

他以稍微勉強的姿勢，看著夢魔影片。

史坦克這群人之間長久以來流傳的必殺技誕生的瞬間。

其名為「蝦式反折橋式天使自慰」。

此外，必殺的是可利姆的心。

「唔……！」

高潮的瞬間，精液和眼淚一起噴出來。

白濁向上突破魔法陣的瞬間，閃光燒灼天空。

在一切都染白的世界中，重量從身體消失。

身體順從浮游感，可利姆淺淺地笑了。

「啊哈哈……我……被汙染了。」

「事到如今說什麼呢？」

「你這是上第幾間夢魔店了？」

「可利姆還真不乾脆呢。」

在一切都染白的世界中，感覺一切都已經無所謂了。

光芒慢慢地變淡，所有景物都恢復色彩。

這群冒險者抵達了「天空盡頭的夢魔店」。

## 第七話

# 睡夢托邦

多種族混雜的地上世界採用選舉制，是很久以前的事。

在漫長的歷史中，魔王掌握地上政權的情形並不多。

應該說，也就只有一次。

「最重要的是勤勉與進步！就業的充實感更勝於娛樂！努力工作讓社會發展，雖然由魔族來說有點奇怪，不過光明的未來在等著我們！」

高揭崇高理想的統治，極其短命地告終。

因為太嚴格了。

為了發展犧牲了太多人。

「睡夢托邦」也是魔王政權的犧牲者。

＊

「「「歡迎光臨～！」」」

一片歡呼聲迎接到達者。

三名夢魔女郎不容分說地往史坦克一行人湧上來。

「等了好久好久喲！啊～真的很寂寞耶！」

「好漫長啊～都養成打瞌睡的習慣了～」

「畢竟只有沿著夢境的工作才能到外頭嘛～啊～活生生的客人摸起來好舒服～真實感十足～」

尖叫聲吵吵鬧鬧，夢魔女郎緊緊貼著並觸摸他們的身體。

宛如不怕生的狗的猛烈肌膚之親令史坦克吃不消。

（和想像中不太一樣……）

該說幾千年前的夢魔店卻缺乏神祕感嗎？

還是攻略麻煩的高塔總算抵達卻令人掃興？

不過不會莫名地緊張倒也不錯。

傑爾他們使眼色彼此點頭。

「……並非都是高手取向的老女人呢。」

「店裡的時間流逝會變慢似乎是真的……太好了。」

「幾千歲的老婆婆的確做不下去呢。」

對他們來說最憂慮的一點似乎是年齡。因為外觀上的感覺以人類基準來看都是年輕小姐，所以無論實際年齡多大，就史坦克而言完全沒有問題。

鏗！發出了金屬敲打木材的聲音。

「全體，整隊！」

聽到宛如拉動弓弦的強力聲音，夢魔女郎迅速地反應。她們玄關走上鋪著木板的地板，橫向排成一列跪坐。

與她們拉開距離後，「睡夢托邦」的內部裝飾總算映入眼簾。

那是遠東風格的木造建築。木紋美麗的木頭牆壁、用紙糊成的拉門，還有夢魔橫隊跟前火焰晃動的地爐十分引人注目。

聲音來源是正前方。在夢魔女郎們的正中間。

被地爐的火焰遮蔽的小不點，穿著長度短的和服跪坐。

「歡迎來到『睡夢托邦』，各位客人。」

她鞠躬行禮，小小的身軀愈來愈小巧。大概相當於半身人，或許更加矮小。

不久之後抬起的臉柔和端正，最重要的一點是，年紀很小。

「妳該不會是……座敷童子？」

傑爾閉上一隻眼睛注視著她。

「正是，我就像這間店沾上的煙霧。」

她破顏一笑便充滿獨特的生氣。並非小孩才有的清淨明快，而是令人感受到走過漫長人生的大人的深奧。

座敷童子——發源於遠東的種族，正如其名是童子的姿態。與棕精靈和白絹侍女相同，具有會在房子住下來的性質。她的壽命與住下的房子同步，視情況可以活到一千歲。

根據傳說，能為住下的房子招來福氣，不過真假不明。稀有種族的登場令所有來訪者把臉湊過來。

「嗯……那個不可能吧？」

「應該不會做櫃檯以外的工作吧……」

「我已經決定選那個泡泡史萊姆的女孩了。」

人類以外的人都說出危險的話。

（以我的喜好來說逼近下限啊……）

史坦克目不轉睛地盯著座敷童子。

鏗！

她拿菸管敲打地爐邊框把菸灰敲掉，以熟練的動作叼著菸管。菸管冒出的不是煙，而是紅色火焰。

史坦克等人被異常的魄力壓倒，自然地端正姿勢。

「那麼，長久的假寐時刻宣告終結——這一切都多虧了各位客人。因此今天值得慶祝。我們將免費提供來店服務。」

「喔喔，古代夢魔店的來店服務……！」

「來吧，脫掉鞋子從玄關上來吧。」

在夢魔女郎的催促下，大家脫掉鞋子走上鋪著木板的地板。期待感使他們滿臉通紅，隔著地爐在小姐們的正對面坐下。

「先暖暖身子吧。」

座敷童子拿起吊在地爐上的水壺。

她把熱水倒入小茶壺，稍微溫一下之後，倒入陶器的杯子。

「這是迎賓飲料。身體會一下子變暖喔。」

「嗯……謝啦。」

他們接受出乎意料的健全服務，史坦克接過杯子，嘶嘶地啜飲一口。是略微酸澀的茶。身體漸漸地充滿溫暖。

「喔嘿～」

心情一下子舒暢起來。

其他三人比史坦克更加受到迎賓飲料的影響。

「混有多種藥草呢……喔……喔，這個厲害。魔力也恢復了。」

「受到療癒了……因為有痛苦的事，所以更加……」

「啊～和我奶奶沏的茶很像。」

他們全都因為一兩口茶使得氣勢減弱。入店時的氣喘吁吁平靜下來，「喔嘿」地發出窩囊的喘息聲。

「還有熱～熱的濕毛巾喔。請用請用。」

「要吃點柿餅當茶點嗎？」

「覺得疲勞的話我來幫你們按摩吧～」

連續不斷的服務。雖然無微不至，但是不太像夢魔店。還是說以前這些是標準服務？

「呼啊……糟糕，好睏。」

眼皮很重，身體倦怠。旅行的疲勞沉澱在全身。

「那就睡一會兒吧。這也是免費服務。瞧，也有枕頭喔。」

小姐們啪啪地拍打自己的大腿。

疲憊至極的這群男人無法抵抗誘惑。

就像被亮光吸引的蛾一般，他們倒向魅惑的枕頭。

意識搖搖晃晃，逐漸下沉。

「先讓身體好好地休息吧。我們『睡夢托邦』的腿枕服務具有連魔王都害怕的療癒效果，請安心休息吧。」

座敷童子小小的手溫柔地撫摸史坦克的頭。

甜美的淪陷時刻來到。

他有自覺夢境開始了。

眼前展開的事情並非現實。

感覺像在觀賞戲劇，史坦克望著未曾見過的情景。

「睡夢托邦」的小姐們站成一個圓圈。

「剩下三名員工！我們發誓與『睡夢托邦』共存亡！」

「魔王的封印儘管放馬過來！」

「我做好覺悟了～」

三人一齊說，第四人座敷童子變成八字眉苦笑。

「真是一群令人困擾的孩子。我不管經過幾千年，只要這間店沒事就能繼續生存，妳們可沒辦法啊。」

「就算如此，把老闆娘獨自留在店裡感覺也很差。」

「和逃走的那些人不同，現在這裡都是無依無靠的人。」

「老闆娘就像我真正的母親一樣～」

四人開朗地相視而笑，轉身面向店的出入口。

打開的門的對面有一位魔族。全身帶刺的凶惡裝束，宛如在聲稱「我是魔王」。

「現在將進行封印『睡夢托邦』的行政指導。」

魔王把手高舉過頭，發出強烈的魔力。

隨著魔力遍布店裡，門扉自動一一關閉。

「妳們擾亂社會。藉著療癒勤勉的勞動者之名將眾人引向墮落。最後沒出息的習性將會蔓延，害社會腐敗。」

「話雖如此，倘若沒有半點休憩，內心不會萎靡嗎？」

座敷童子以平靜的聲音反駁。

相反的，魔王的聲音如同威嚇般嚴肅激烈。

「莫名其妙。不鬆懈的努力、向上的意志，才能培育強大的內心。」

「繃緊的弦不會容易斷掉嗎？」

「為了產生不會斷掉的弦，提高全國人民的意識正是王的使命。」

「水是從高處往低處流的。」

「心會追求光芒向上。就連魔界也是如此。」

「疲憊不堪垂頭喪氣的人也有很多啊。」

「甘於軟弱就是失敗。」

雙方或許是明白只能成為平行線，瞳孔中有看清本質之色。

「就算舉出再多道理，封印是決定事項。」

魔王強行結束對話。

「當然既然是行政指導，就不會完全封印。店裡的人在延長的時間內將持續維持意識。無論經過幾千、幾萬年，感覺頂多只有數年。當然在這段期間壽命也不會走到盡頭。」

「哎呀呀，以魔王殿下來說真是溫柔的處置。」

「王是支配與引導者，而非排除者。總有一天我的理想將遍及地上，當變成勝過天上的樂園之時，妳們也——」

魔王話說到一半，有人噴了一聲。

「擺什麼架子啊，笨蛋～吃爛橘子吧！」

一名小姐扔出爛橘子。

通過門的間隙，漂亮地擊中魔王的臉部。

「糟！」

「嗚哇，魔王的臉都是臭汁。」

「妳在做什麼啊？普利姆！」

「我沒想到會命中，嚇我一跳～」

小姐們提心吊膽地觀察魔王的臉色。

突然響起了宏亮的笑聲。

「哈哈哈哈！解開封印的條件就定為需要神或天使的干預吧！」

「這不管怎麼想也不可能啊，魔王殿下發火了？」

「再會啦，哈哈哈哈！」

門扉被關閉，發出殘酷的聲音。

史坦克的意識也被封閉在連夢境都看不見的黑暗之中。

*

史坦克醒來時，周遭一片微暗。

壓到鼻頭的枕頭以極近距離遮住視野。

枕頭的顏色是黑色。橙色炎紋看起來帶有微微的光芒。

黑色與橙色都在中途中斷，分支成兩根白色棒子。史坦克臉朝下趴著，他的鼻子扎在棒子與棒子——細腿的縫隙之間。

「你睡得很沉呢，客人。」

像是梳頭般被撫摸頭部。模糊的記憶變得鮮明。

「呼啊……真的睡著了。」

和召喚服務神清氣爽地醒來時很像。因為冒險中很難好好地睡覺，所以感受更深。

「腿枕讓你滿意嗎？」

像老婆婆的老派語調沒想到十分悅耳。這讓他想起以前枕著祖母腿枕時單純的安樂。雖然和祖母相比這枕頭太小了。

「光是腿枕就可以收錢了吧？」

「我在問你的心情，竟然提錢的事，客人實在不解風情呢。」

「我只是吃飽睡，睡飽玩的不懂風趣的人。」

「玩個徹底那也不錯。囉哩囉嗦地扯什麼風情，這讓老人去碎唸就夠了。」

枕頭主人的笑聲搔動著耳朵。

史坦克把頭仰起來。

附近沒見到傑爾他們和其他小姐的人影。也沒有地爐。

不知何時移動到包廂了。

在兩人獨處的空間裡俯視他的那張臉，掛著想像中的柔和微笑。是傑爾他們斷言不可能做櫃檯小姐以外工作的年幼的座敷童子。

「總覺得座敷童子都是黑直髮的印象呢……」

「如你所見，我是櫻色頭髮喔。」

她自豪地用手撥動頭髮。

在肩上剪齊的頭髮一如印象，不過顏色如櫻花般呈淡紅色。而且有柔和的波浪，處處夾雜深紅色的串串髮束。史坦克並不會因此幻滅，他對座敷童子毫不講究。反倒覺得看不膩。

「所謂座敷童子，說起來是一種付喪神。」

「呃～像是寄宿在物品上的精靈嗎？」

「嗯，正因我們寄宿在房子裡，生態與容貌會受到房屋樣式的影響。我在以前經歷過很多次『搬家』，不過第一間房子的影響到現在還很強烈，根深蒂固地留在身上。」

搬家——讓無法離開一間房子的種族藉由儀式移居。既然說了「很多次」，果然她的年紀相當大。

「粉紅色的房子……果然是夢魔店嗎？」

「哎呀，是不是呢？我的第一個窩是怎樣的房子呢？答對的人可獲得追加特別服務！這樣如何？」

她露出白牙齒，揚起惡作劇的笑容。

「說到追加，經過多久時間了？會收追加費用嗎？」

「不用焦急，不會收取延長費用。因為你們是長久以來翹首盼望，我們被封印後的第一組客人。反正店裡的時間流逝也非常緩慢。」

被她撫摸頭髮，就能心情悠哉地延長體感時間。

枕著腿枕的無聊閒談，到底過了幾分鐘呢？

或者是幾小時、幾天、幾個星期？

「悠哉舒適療癒的店——這就是本店的信念。」

「就算這麼說，幾千年的封印也實在是太久了。」

「那也是魔王以他的立場苦惱到最後的結論。」

她以感受不到固執的樣子若無其事地說。

「他對自己和別人都太嚴格了。他相信工作到沒時間玩樂，藉此帶來繁榮就是至高的喜悅。正因如此，我們店的療癒就……」

「因為是增加窩囊廢的元凶，所以才被封印，這寫在政府機關的超舊文件裡。」

「雖然有一半是自豪，不過我們的療癒力似乎有點太強了。」

造訪「睡夢托邦」的人可說是一定會虛脫。就像布魯茲見了「超越時空的召喚女郎」之後茫茫然的樣子。雖然接近被純粹的夢魔徹底搾取後的聖人模式，不過並不會持續那麼久。因此回頭率比較高。

所有人都在追求療癒。

對於每天過於嚴酷的勞動感到厭煩。

（元凶與其說是「睡夢托邦」，根本就是魔王本身吧。）

魔王的理想論的政策使得黑心的勞動環境蔓延。勞動者追求療癒泡在夢魔店裡。厭惡這種情形的魔王嚴加管束夢魔店，勞動者失去休息的地方。人們喪失熱情，社會逐漸停滯。

這種惡性循環的末路，就是魔王政權輕易地瓦解。

「哎～這種事都過去了。現在，隔了許久的客人就在眼前。身為夢魔店的主人必須盡到禮數。」

「嗯，是啊──」

史坦克得意地像個小鬼頭嘴角上揚。

若是平時指南針的前方不會有她這種幼兒體型。他覺得玩膩大人體型才會體驗一下。

就在前些日子，類似體型才剛藉由召喚服務上過。

即使如此，唯獨這次卻例外地感興趣。

「故意點燃慾火，引導我來到這裡，妳可得充分地答謝。」

「喔，你發覺到啦？」

「我覺得很奇怪，都市傳說中的『超越時空的召喚女郎』會讓男人滿足到變成窩囊廢。實際上布魯茲正是如此。可是我反倒是即刻湧現無窮的氣力。這個差異究竟是什麼～」

雖是靈機一動，不過也許沒有錯。

「刻意偷工減料點燃慾火──我是這麼想的，不是嗎？」

「事跡敗露那也沒辦法。誠然，正是，的確如此。」

座敷童子滿足地點頭好幾次。

「在本店的召喚服務，會透過白日夢看出客人喜愛的小姐類型，通常是借用她的姿態……關於這點還請保密，其實其他記憶也會稍微流入喔。」

「妳也得知我的朋友之中有天使啊？」

「而且還是從那位獸人接連得知。他是由其他小姐負責……這正是命運，讓我們無比歡騰。」

她把希望寄託在命運。

沒讓史坦克變成窩囊廢，反倒是留下餘韻讓他充滿幹勁。如此一來他就會執意找到「睡夢托邦」，並且把解開封印的關鍵——天使一起帶來。

因為透過夢境感受到的史坦克的性情，正是會採取這種行動。

「不過客人解放了本店。賭上睡夢托邦老闆，座敷童子八千代的名字，我要表達由衷的感謝。」

八千代當場鞠躬行禮。她彎背把臉靠近大腿上的史坦克，啾。

輕輕地吸住他的下巴。真是可愛的嘴唇。

（與其說是色情服務，更像是和孩子親近……）

（不，又像是被母親或祖母疼愛？）

相反的印象令他困惑。這種刺激只會讓心情平靜，讓胯下起反應有些困難。

不料。

撫摸頭髮的手滑落。

她搔搔耳朵、摩娑脖頸，捋一捋下巴沒刮的鬍鬚。從充滿母性的手部動作，突然變成引誘性愛刺激的愛撫。明明連手指的構造都小巧玲瓏，卻做出熟知性愛愉悅的蠱惑動作。

「喔喔～終於來了，夢魔女郎發揮本領。」

「為了慎重起見詢問一下，跟我這種老女人做沒關係嗎？」

「老實說，不管是蘿莉或老太婆我都沒關係。召喚服務來的人是妳吧？一人分飾兩角？」

「被你說中了。在夢中也可以做到這種事。不，平時不會這麼做，那時剛好人手不足。大家都熱衷於火鍋派對。」

原來如此，不能原諒。不，不是指火鍋派對，而是更前面的。

（這是報復……！）

老實說，他有點生氣。

無論有何理由，花了錢卻被偷工減料。哪有這種不講理的事？畜生。史坦克懷著憤怒的餘勢，登上「廢都的朽木」。

——要讓她全心全力地服務。

嘗盡一〇〇％能滿足的花招。

並且讓她咿咿叫。

讓她說出「對不起，我敗給客人的大劍了」。

「喔喔，很激動呢。宏偉的那話兒……」

「還不錯吧？不過八千代，妳誤會了一件事。」

史坦克搖搖食指，嘖嘖地發出聲音。

「這個是睡醒的生理現象，加上剛睡醒，有點不一樣的那個感覺來了，我想先去廁所。不好意思。」

雖然丟臉但也沒辦法。因為尿意與男人的性慾彼此排斥。

「既然如此，請往這邊，客人。」

八千代牽著史坦克的手讓他站起來。

他們拉著手走到洗手間，一打開門，八千代先走進廁所。

「來，掏出來吧。」

「等等，等等。妳想做什麼？為什麼妳站在旁邊？」

「服務啊，服務。另外也加上上次偷工減料的部分。」

「不，讓我正常地小便吧。」

「你以為能有片刻逃離『睡夢托邦』的療癒嗎？」

這間店，該不會真的如魔王警戒的那麼危險？

（不過等等，我得冷靜思考。）

就算是一般夢魔店，也不太有這種服務。

逃離未知的體驗就不配當花花公子了。

「知道了……交給妳處理。」

「這才是走遍高塔的強者。來，向前掏出來。來吧來吧。」

「嗯……」

史坦克彎曲身體脫下褲子。

看到晨勃直直挺起的紅銅色棒子，八千代「喔～」地發出歡呼聲。

她毫不猶豫地用手抓住，幼小的手指無法掌握的分量感與熱度，令她又「喔～喔～」地歡呼。

「這還真是充滿熱度的好男根啊。」

「這是我自豪的兒子。」

「那麼，噓噓也很厲害嘍？」

「還是很難為情啊！」

雖然想逃走卻逃不了。加在自己身上的「全力接受服務」的信條變成枷鎖束縛史坦克。

八千代抱住他的腰部。意外地強而有力，不打算放開。

史坦克聽天由命，突出的尖端決堤了。

羞恥的濃縮液往便器噴濺。

「喔～喔～厲害厲害。明明勃起卻對得很準。」

「不要一一說出來。我心都碎了……而且哪有什麼準不準，不是妳幫我固定的嗎？」

肉棒被可愛的手緊握，準確地朝向便器。

「你是勃起時沒辦法好好排尿的人吧？具體而言就是飛濺。」

「的確我的這個是相當罕見的體質，真的不用一一說出來啦！我是對自己的尿液感受不到浪漫的類型！我只期待女孩放尿！」

「假如客人希望的話，我也不是不能給你看……喔，濺出來了。」

「正在上廁所時不要讓我太興奮！」

「值得調戲的可愛客人呢。」

「可惡，玩弄男性的純情……！」

恥辱的放尿時間緩緩地落幕。

在完全停止之前，八千代沒有放手。

不，就算停止也沒有放手。

豈止如此還上下活動。用手腕動作迅速地搓動。

「噓～噓～之後是期待的咻～咻～喔，來吧來吧。」

「唔……喔，突然毫不猶豫地……！」

「提供服務的一方怎麼能退縮呢。」

八千代稍微彎腰，像是纏繞般抱住史坦克的腰部。這個身高差距使她的臉正好接近兩腿之間的大劍。

她鼻尖靠近，小小的鼻孔抽動，雙眼迷濛心蕩神馳。

「喔……男性的氣味。」

「因為有點髒，我覺得妳最好別這麼做……」

「男人的那裡髒是常有的事。而且——」

她用舌頭舔著嘴唇，這猥褻的舉動與她的臉蛋不相配。

「魔王的時間封印只有干涉店裡。包含店的外牆與整間店同一步調的座敷童子，比其他女孩體感了略微漫長的時光。」

她的喉嚨發出咕嚕的聲音。

「隔了好久的，真正的剛直……哈啊，受不了。流口水了。嗚哇，糟糕，有點失去理性，抱歉。」

「欸，八千代，暫停。冷靜一點。拜託。」

「我要開動了。」

制止也沒用，座敷童子的口舌襲向了剛劍。

＊

精靈的魔力感度遠比人類高出許多。

他們可以觸碰大氣中的瑪那，肌膚能感受到別人內在的魔力。

傑爾對於肌膚相疊的對象必然會要求魔力的品質。

「這……這真令人受不了……！」

他埋在金色獸毛裡感嘆。

從狐系獸人豐滿的臀部伸出三條柔軟的尾巴。尾巴的體積比她的身體還要大，足以包覆精靈男性。

「流過每一根毛的潤澤魔力……！變成毛束產生毛絨絨的蓬鬆感，魔力的流動甚至促進了全身血液循環……！」

「很內行嘛，客人。喏，盡情享受毛絨絨的感覺吧。」

「太難得了……毛絨絨，喔喔，毛絨絨……！」

李葉露出獠牙嘻嘻笑。雖然笑的方式有點隨便，不過形狀銳利的嘴巴令人莫名感到氣質。

東方的狐系獸人，妖狐。

蘊藏強大魔力的東方種族，尾巴數量惠根據魔力的質與量增加。

雖然會藉由變化之術變成男性喜愛的樣貌，不過傑爾要求她現出真面目。

（不體驗小姐原本的韻味可是笨蛋啊。）

如果要求其他種族，前往種族專門店即可。

重點是毛絨絨的感覺。

毛絨絨的觸感中蘊含了豐沛的魔力，令人陶醉。

「雖然聽說魔力很強……不，如此強大真是令人開心的失算。」

「對吧對吧？稱讚我稱讚我，我喜歡被人稱讚。」

雖是與東方神祕獸人的形象不相稱的直爽女孩，不過這也不錯。

她身穿加了深開衩的東方風格連身長裙。這是容易呈現身體線條的構造，充滿女人味的曲線清楚可見。

（體型也相當色情，我覺得可以。）

就算是戀魔力癖，也並非討厭肉體的愉悅。反倒是最愛。由於太過喜愛使得身體的一部分著急地充血。

「啊～客人沒有完全放鬆呢。留下這～麼硬的部分，我好不甘心啊～不甘心～♪」

她開心地搖屁股，也搖搖尾巴。於是魔力的流動改變，像指壓的爽快感在傑爾的兩腿之間產生。

「喔呼，喔喔……有感覺……！竟然有這種療癒技巧……！這可是相當不得了的魔力控制啊……！」

「你懂啊？懂嗎？嘿嘿，我超擅長魔力控制喔。這個毛絨絨療癒天國，是只有我會的特別服務內容喔。」

她回頭用手比出V字形的動作，果然與其說是神祕種族，更像是女性友人。不分彼此的態度使內心放鬆。這也是一種療癒吧？

「啊，這麼說來，這個葉子的術式也是妳施展的？」

傑爾從懷中取出這次的關鍵綠葉。

「是啊，是符咒的代用品。這是從觀葉植物摘下來使用的。店裡有個唯一單向通行聯繫外界的小窗子，我讓葉子乘著風送到村落。這設計成接下來只要有人碰到，術式就會自動發動，讓人作白日夢。」

「那送到布魯茲和史坦克手上的也是……？」

「那是隨風而去的偶然。啊，當然對於忙碌的人不會有作用喔～終究僅限愛玩的人。包含這一點，老闆娘說這就是命運。」

命運。多麼美妙的詞語。

正如魔力有流動，邂逅也有機緣。

相信這點能讓情緒高漲。

「嗯，比起這種困難的話題，我更想做許多爽快的事～」

李葉站起來。傑爾的莖急棒被豐盈的臀部擠壓。

這個傢伙，太狂妄了。不能原諒。胯下因為憤怒快要撐破了。

「好啊，吃我一記充滿魔力的魔法杖吧！」

「好棒～歡迎光臨～！」

穿過毛絨絨的尾巴天國，合體。

精靈與妖狐的肉體魔力對戰開始了。

＊

半身人總之很矮小。
個子小、手腳也短小，男人的證明也與體格相稱。
當然那是無可奈何的種族差異，所以意識到也沒辦法。自然甘丘也十分清楚。
（不過，給許多人看的評鑑用不著特地寫那種事。）
反而直接聽到或許還不會在意。
那天的屈辱深深地刻在心裡。
「大姊姊喜歡半身人喲～就像這樣～可以把你的身體包起來還綽綽有餘～」
普利姆淺淺一笑，用翡翠綠的身體把甘丘包起來。
或許該說成圍起來。
甘丘的身體就像浸泡在熱水裡，沉入普利姆的體內。
「別讓我的頭沉下去喔，會溺死的。」
「呵呵呵～不用害怕，大姊姊會讓你爽快的～用這個黏糊濃稠的身體～」
綠色的身體藉由特殊的張力維持人形，不過，其實是不定形的膠狀物。
從內部湧出的泡泡在表面滾動，按摩甘丘身體的痠疼。

冒險的疲勞融化了。

「啊～果然史萊姆浴就是要選泡泡史萊姆～」

不定形種族「史萊姆」的一種，泡泡史萊姆。

她們在體內引起化學反應，總是四處起泡泡。由於這個影響張力與彈性較弱，容易溶化成液狀。雖然大多含有毒素，不過藉由飲食療法改善體質，可望獲得如藥湯般的治癒效果。

「我的藥效啊～可以消除肩膀痠痛、神經痛，抒解睡眠不足，當然也可以期待壯陽喔～」

「嗯，託妳的福很爽快喔。」

甘丘因為喜悅而鬆弛，他把身體交給普利姆。

史萊姆女孩如果認為自己是女性，就會變成女人的姿態。故意把自己想得醜陋的人也很少，所以容貌與體態的平均值很高。

尤其普利姆的胸部也很大，是肉感的體型。只是想揉的話手就會沉下去。嗯，問題不大。

（史萊姆的話和那邊的尺寸無關，這點很讚！）

不定形生物史萊姆不存在性器官。被大棒棒侵入也不會獲得性的快感。話雖如此，也不是沒有快感。

「呼啊～逐漸興奮起來了……果然包覆著男孩，連自己的毛孔都能填滿，很舒服呢～」

毛孔的髒汙被吸出、融化。

融解生物捕食是史萊姆原本的飲食習性，這會伴隨著強烈的快樂。夢魔女郎會藉由藥物與魔法降低消化力，只吃下代謝物是慣例。

「哈啊……好吃。」

陶醉的聲音使甘丘心中的男人有所反應。以半身人男性來說平均尺寸的那話兒開始激動。

「欸欸，那個辦得到嗎？」

「那個是指？」

「尿道洗淨。」

「可以喔～大姊姊擅長的尿道泡泡連續咻咻！」

比想像中更厲害的招式名稱出現了。

「嗯，拜託了！好吃的東西噴出來，上癮的話我可不管喔～」

「我知道了～」

希望她會上癮，自己主動懇求「主人給我～」那就太棒了，甘丘幻想著——緊接著，他被空前的泡泡攻擊打得落花流水。

*

可利姆在夢中哭泣。

他低聲抽泣，中性的相貌被淚水沾濕。

天使哭泣的臉相當於被黃金律撐起的藝術品。

也就是──美。

「為什麼我會碰上這種事……」

嘆息的身影宛如可愛的小花。

「為什麼，會那樣，像那樣……」

淡淡發光的翅膀如散落的花瓣般虛幻。

「必須像那樣，在別人面前自慰……！」

嘩啦～淚水大氾濫。

「我也不討厭色色的事啊！我也覺得夢魔店的大姊姊很有魅力！不過，那個魔法陣啦！把魔力的流動當成光來認知！對著那種東西把重要的體液，本來預定對女人發射的濃郁第一榨，就這樣咻咻～地射了，史坦克先生他們完全不懂我的心情！」

在封印之門被迫自慰的記憶已經變成心理創傷。

觀眾殘酷的隨口亂說，他也記得很清楚。

「嗚哇！射出那麼大量啊。簡直是性愛兵器。」

「那些汁真糟糕啊。裡面可是超級濃縮了光屬性的魔力。當成魔法的觸媒可以賣到相當高的價錢吧？」

「天使很清純是騙人的吧？如果不是相當於半獸人的精力強化生物，不可能有那種肉棒和

那種汁啊。其實你是墮天使吧？」

明明是為了大家忍辱自慰，太過分了。

「的確我是從天界掉下來，不過不是墮天……雖然我在地上知道了許多糟糕的玩樂，不過我不是墮天使……」

說不定，縱使光環治好了也回不了天界？

討厭的想像在夢中獲得形體。

天界的居民排成一列推出手掌，說出拒絕的話──

「好，到此為止。」

眼前的悲慘影像急速消失。

消失在待在背後的夢魔女郎，尖銳伸出的嘴巴之中。

「惡夢全部由我，食夢貘小夢吃掉。」

「食夢貘？」

「我是來自東方的獸人。食夢、操控夢、吃夢變胖就像這樣，變得有點豐滿呢～」

小夢是黑色毛色，有點肉肉的獸人。

她的體型實在很柔軟，令人忍不住想要擁抱。

正當這麼想時，突然被抱到懷裡。

臉沉入胸部裡面時，天使的表情變得柔和。

「呼啊……好柔軟……」

「對對，把意識交給爽快的夢。我是管理『睡夢托邦』夢境的小姐，我會吃掉全部的惡夢，讓你作很多美夢。」

「美夢……」

「什麼都可以。因為是在夢裡，不會給任何人造成困擾。不管可利姆變成多壞的孩子，也不會有人責備你。」

「不會有人……責備我……」

他的臉埋在乳房裡，轉著轉著，心靈的創傷逐漸淡去。

如同振翅般心情變得輕鬆。

「在夢裡可利姆是國王，可以隨心所欲喵。」

「喵喵天國」的咪咪突然從旁邊出現。豐滿的胸部與肉球擠壓著催促他快上。

「沒錯，在夢裡可以盡情享受喔。」

食酒亭的梅多莉從另一邊出現。不知為何全裸。她用胸部和翅膀磨蹭，甚至親了可利姆的臉頰。

要是被她知道了，可能會被殺掉。好一點是拿托盤或麥酒杯痛扁一頓。

「不過反正這是夢。就像把身體交給我一樣，試著把身體交給自己的慾望吧。」

「性別轉換宿屋」的艾莎從後面緊緊抱住他。

她用自豪的雌棒貫穿可利姆的女性部位。
「啊啊，嗯嗯唔……！」
「來，說出你的感覺吧。」
啪、啪，腰部受到撞擊，甘美的愉悅竄過脊梁。
無法反抗。舒暢地被自己內心的慾望支配。
「我……我……！」
可利姆推倒了正面的小夢。
「對對，那樣就行了……再來就隨你高興。」
豐盈的大腿張開，披露充滿嫩肉的胯下。
他氣息紊亂、心跳劇烈，按捺不住焦急的心。男性部位磨蹭著小夢的祕裂。比其他伙伴更粗壯，超重量級的性愛兵器。
「我……！」
「我？」
他咽下一口唾液潤潤喉。
然後在夢的世界裡聲音宏亮地說出願望。
「我……最愛色情了～！」
藉著被艾莎從後面挺進的力道，他自己也貫穿小夢。

「啊啊嗯！歡迎光臨～！」

已經沒有人能阻止他了。就連他自己也是。

天使可利姆變成了擺腰的化身。

*

那宛如夢的光景。

躺臥在鋪被上的人類男性，史坦克。

有個短身小軀的背影跨坐在他的腰上。

當然這種情況下的腰部意味著兩腿之間。八千代背對著史坦克，在屹立的竿肉上方坐下。

「嗯……呼嗚……！」

「騙人的吧……！以那個身體竟能插到根部……！」

小小的臀部緊貼，史坦克的剛直不留半點空隙地收進肉洞。因為和服的下襬而看不到重要的部分，不過海綿體滿是緊貼在「女性內部的感覺」。充滿肉被擠壓的緊迫插入感。

這個——到達肚臍以上了吧～？

可怕的想像在腦中浮現，不過她並沒有痛苦的樣子。

（而且這個，是相當出色的名器……！）

正如外觀所見非常緊緻，但並非只是狹窄。入口、中間、最裡面這三處強弱變換連續地脈搏跳動。

每次脈動時，粒狀有彈性的皺褶都會陷入肉裡。強烈的摳搔感覺包覆著龜頭。爽快到連活動腰部的餘地都沒有。

可是非常潤滑，彷彿在催促他趕快活動。

「唔……唔，我怎麼能輸……！雖然在廁所輕易地射了，不過這次……喔呼，我要讓妳咿叫……！」

「嗯呵呵，嗯，唔呼。」

背對史坦克的八千代回頭，她的臉頰圓滾滾地鼓起。閉著嘴發聲也許是孩子般的沒規矩。含著的東西卻是與孩子氣相距甚遠的液體。

「那種東西要留在嘴裡多久啊……」

「嗯～呼～♪」

應該非常腥臭黏糊，八千代卻眼睛瞇成一條線十分高興。她在廁所展現了可怕的舌技，搾取一發後就一直那樣。

「我的有那麼好吃嗎？」

「嗯呵呵……嗯～」

咕嚕，八千代的喉嚨發出聲音。臉頰稍微癟掉。

咕嚕，喉嚨又發出聲音。臉頰變小但是發紅。

咕嚕聲音再次響起。臉頰恢復原本的柔和曲線，然後——

「嗚哇，變熱了！」

柔穴如火焰般發熱，脈動變得更加激烈。

「火種點燃燒起來大概就是這樣。無奈我實在是年紀大了。想要認真起來也非常費事。」

「就算難吃也不能不吞下嗎？」

「放心吧，是非常美味的汁。頗有野趣又濃厚，像火酒般從肚子裡讓我醉了喔～」

八千代用指頭摸嘴唇露出微笑。雖是童顏，臉上發燙後卻婀娜嬌媚。儘管如此，以老人來說她擁有清新的魅力。

連抓住和服衣襟的手部動作也像撫摸男人般妖豔。

衣襟大大地敞開，露出如紙薄背。

燃燒的圖樣吸引了史坦克的目光。

「刺青……？不，會動……正在燃燒？」

仿照火焰的圖樣帶著紅橙色的光，在肌膚上搖晃。

「你可以離遠一點觀看……嗯。」

八千代的細腰像是追著火焰般開始活動。

轉呀轉的畫圓。維持緊貼，讓滑溜的小小臀部滑動。

「唔……啊，就算妳叫我離遠一點，這樣塞得緊緊的……！」

「嗯……啊嗯，不要碰到背，直接躺著啊，啊啊！」

「知……知道了……唔！」

自豪的肉劍被擺布的喜悅，令史坦克渾身顫抖。被這個名器掌握步調便完全沒有餘裕。他抬起下巴深感佩服。

（比召喚服務的時候格外有感覺……！）

直接插入和沿著夢境相比，快感相差很大。

對八千代而言也是一樣愉悅嗎？她背上的炎紋更加激烈地搖晃。

轟！

真的噴火了。

「嗚哇！有東西噴出來了！」

「是像潮吹的東西。如果碰到容易有感覺的地方……喔嗯，這個小小的身體也會像這樣下流地燃燒……啊啊！」

「嗚哇！不是比喻，真的在燃燒！這種童話我有聽過！」

好像是讓壞狸貓揹著柴火，把牠燒死煮來吃的故事。

幸好八千代的火焰只會在背後的空間燃燒，火勢不會蔓延到身體。

就算這麼靠近也不熱，倒是覺得溫暖。

不可思議的溫暖療癒內心。

——好懷念。

這種感慨在史坦克腦中喚起一個想法。他心想也許如此，便立刻說出口。

「一開始妳出生的家……是火爐？」

「喔，答對了。聰明的孩子。好乖好乖，暴棒真了不起。」

八千代用肉穴底部的堅硬部分摩擦龜頭慰勞史坦克。她沒有停止腰部活動，一邊燃燒背部，一邊道出自己的出身。

「原始時代，人類圍著篝火生活，啊喔。我出生的房子由此發展，咿嗯，是由屋頂和牆壁圍著一個火爐的房子……實際上，啊咿嗯，火爐是中心。我是房屋的精靈，也是火爐的精靈，喔，好粗，喔喔，變大了……！」

許多事都能理解了。

「睡夢托邦」整體飄散的溫暖，也是由於火爐的化身——她的影響吧。

話說，那是幾百年前的事？不，位數不對吧？

「啊喔，有感覺，嗯嗯嗯，開這間店只是碰巧，雖是迫於當時的形勢，但卻合乎性情……老實說，我是個浪女，嗯，嗯，啊～啊啊～我最喜歡這種……！」

「看是要說話或喘氣，選一個就好吧……」

「我說過了，隔了很久沒做啊……啊咿！說話或做愛都不能斟酌，嗯嗯嗯，啊，交配果然令人狂野……！」

「隔了很久的淫亂對象是我，倒是令人感動……！」

話雖如此也太淫亂了。扭腰和背上的火焰都是。

即使看起來年幼，就算舉止高尚，果然還是夢魔女郎。如果不是好色的人，無法持續下去吧。

鍛鍊過的熟練祕肉正是纏繞的絕品。果然不辱浪女之名。

「那麼，說好的給答對的人特別服務——」

自稱浪女突然停止動作。

「哎呀。」

肉感增大了。

浪女在史坦克眼前變大了。

個子長高，肩膀寬度變寬，胸部與臀部突然膨脹。

眼前是豐滿的爆乳美女。

「小個子……變成波霸……！」

宛如母女交換的變化。

「我借用待在這間店的小姐的力量與特性——這是我的特技。現在藉由食夢貘的力量讓你稍微作白日夢。雖然交合是現實，不過這個姿態是一場夢。」

「真的假的……這個淫肉是夢境啊……」
他試著抓一把大腿，正如外觀是有分量的胖瘦程度。
「和召喚服務的時候一樣很有真實感吧？」
「嗯……我點燃慾火了！」
史坦克基本上喜歡大美女更勝於小隻馬。
他忽然提起幹勁往上頂。
「啊咿嗯！」
八千代的背部緊繃，另一方面，柔胸與熟臀奔放地彈跳。
「喔，臀肉在起伏。值得一戰！」
「真……真是的，明明是由我提供服務……！」
「變成那種誘惑的情色體型是妳的錯！喝！」
「咿啊！啊嗯，這個頑皮孩子……！」
每次挺腰都更增氣力。
（果然用力擺腰才是真男人！）
比起被動，主動出擊更容易控制快感。
隨心所欲地反覆猛攻即使變大也依然是名器的座敷穴。史坦克用力過猛把她推倒，使她四肢著地。自己則是用膝蓋站立。

這是男人容易挺腰的姿勢。

「這種大屁股就是要從後面上！」

毫不斟酌力道的前後活動發出啪啪聲響。擠壓臀肉，起起伏伏，他沉溺在這種柔軟中。

「啊啊，好激烈，啊嗯嗯，快要去了……！」

八千代緊緊抓住被褥感動喜悅。背上火焰也狂喜似的旺盛燃燒。如果疏忽大意向前傾，瀏海可能會燒焦。

史坦克有點自然地向後仰，牢牢地抓住肉臀避免往後倒。

他粗暴地彎曲手指，把臀部拉過來用腰部撞擊。

「嗯喔！喔喔，年輕男性粗暴的腰部擺動，真棒……！」

「這個嗎？妳喜歡被這樣欺負嗎！」

「喜歡，喔喔喔……年輕的激情滲入體內！年紀不到我十分之一的年輕男人最棒了！好棒！」

雖然對她挑選語詞的方式不是沒有疑問，不過她淫亂的樣子非常色。下腹有種溫熱的感覺昇起。

「那就給妳年輕男人最棒的汁液！」

「太好了～我收下了！啊啊，啊～快點，快點！」

「發情童子……！接招吧！看我最強的一擊……！」

他灌注渾身的力氣用力挺進。徹底地，不斷地突刺。

兩人同時達到頂點，最後一起感受到高潮的痙攣。

年輕男人的必殺一擊噴濺。

噗咻地貫穿敏感的最深處。

背上火焰更加旺盛地燃燒，掠過天花板。鼻尖差點被燒焦的史坦克有些害怕。

「喔喔喔……！喔喔，喔～裡面，有感覺，好多……！充滿年輕的濃厚榨汁……！這下不妙，意識有點飄走……！」

八千代全身的熟肉沾滿汗水，煽情地故作嬌態。

實在是誘人的眼福，勒緊男根的蠕動也十分爽快。雖然女人的高潮狀態也有個人差異，不過她是直到最後都會取悅男人的類型。

正當這麼想之後。

八千代全身快速地縮小。

「哎呀，危險。」

她在完全縮小之前停止，變成大人與少女的交界的肉體。

「啊，沒想到可以微調外表與年齡。」

「那接下來要用這個姿態做嗎？」

「我要開動了。」

也沒拔出來就開始了第二場決戰。

第三場、第四場，男女輪番戰鬥。

每次都變換姿態，史坦克以新鮮的心情享受。

八千代能夠藉由白日夢改變的，嚴格說來並非外表年齡。她可以更精細地隨意調整身材。

例如，在小孩模式加上比頭更大的乳房。

也曾經一度調整失敗，變成比身體更大的怪物乳房。因為這實在有點那個，所以請她適度地縮小。

「果然毫無間隙地夾住剛剛好。」

「喔喔，這樣剛剛好嗎？」

雙方站著的身高差距正好可以乳交。

往下看是妖豔的童顏&把肉棒埋到看不見的爆乳。

史坦克被不平衡的極致吸引，噴出高揚的精華。

「嗯，嗯~呵呵，射了很多呢。」

八千代對著弄髒乳間的黏液看得出神。揉搓大胸部的手果然既小又纖弱，這背德的情景令人顫慄。

「既然能變換這麼多種姿態，該不會也能變換種族吧？像是變成妖狐或史萊姆之類的。」

「雖然並非做不到，不過嚴禁和其他小姐競爭。白日夢也只是改變我的姿態，如果沒有特別的理由，也不能增加人數。」

「這樣啊。那拜託再來一次那個大人版本。」

「知道了。」

做了許多次，果然會因為喜好而偏好大人體型。

撫摸有厚度的皮下脂肪，抓住，用腰部衝撞，以全身體驗這種柔軟。

略低的嬌聲也非常動人。

「啊喔，喔喔喔……！客人，客人……！」

成熟女性撒嬌般抱住自己時，有一種難以形容的成就感。

感覺吃掉了她活過的所有年數。

一點不剩地享受這種喜悅之後，最後一次史坦克選了不同的選項。

「最後拜託用原本的姿態。」

「咦？我以為客人喜歡豐滿的類型。」

「說起來確實如此，不過最後不享受原味就太可惜了。不然為什麼選座敷童子？這點我可不想弄錯。」

史坦克盤腿坐著，讓八千代坐在大腿上。

「原來如此，那麼。」

大腿感受到的重量變得像羽毛一樣輕。眼前是最初在這間店遇到的可愛妖豔的童女。
「嗯，果然這樣很可愛。而且也很緊。」
「倒是還可以變得更小。」
「不，要是太小就出局了。」
「這是客人的適齡期啊。呵呵，原來如此──」
呼哇……座敷童子的纖細手臂纏上身經百戰的冒險者的粗脖子。
濕潤的嘴唇掠過耳朵灌進聲音。
「蘿莉控。」
雖然她毒辣地找碴，但是史坦克起了陣陣無比爽快的雞皮疙瘩。
「明……明明妳自己也喜歡年輕男人！」
「啊嗯，因為……年輕才能感受到熱度。」
「這個淫亂座敷童子！」
史坦克抓住她的臀部猛烈搖晃。雖是骨盆狹窄，寬度厚度都不夠的孩子臀部，不過也有種獨特的柔軟。不只薄薄的一層肉，連皮膚和骨頭都很柔軟。由於嬌小又輕盈，所以容易擺布。
硬是讓她上下活動，從入口到內側用長長的一擊反覆剜挖。
用宛如褻玩般的圓周運動強行撐開狹窄的肉穴。
「喔咿，喔喔……！撐開，撐開，啊啊啊啊……！那裡，要融化了……！咿嗯，嗯喔喔！」

八千代的額頭在史坦克的胸口磨蹭，背部燃燒起來。

她似乎喜歡嬌小的身體被粗魯對待。尤其深處部分被往上頂時，火焰明顯地變大。

「感覺火焰漸漸地變得色情……！」

史坦克以結合部為支點讓八千代反轉，身子向前傾手撐在地上。

這個姿勢能盡情欣賞在眼前燃燒的色情火焰。

和第一場決戰同樣是後背位，不過姿勢略微不同。因為腳的長度有差，兩者都用膝蓋站立的話腰部會對不到。

相對於用膝蓋站立的史坦克，八千代以蹲踞的姿勢調整腰的高度。雖然對膝蓋有些負擔，不過也能利用屈伸的力道扭腰。

「好粗……好粗，嗯喔喔，又硬又大的東西卡在腹部內側……！」

狹窄削瘦的肩膀微微顫動。

閃耀的紅色火焰轟地變大。

「哦，又要高潮了？」

「嗯……啊嗚，嗯，對……你看得出火焰的外觀了，咿啊！」

「這樣啊，要高潮了。身體這麼嬌小，卻下流地高潮啊。多麼糟糕的女孩啊，嘿嘿嘿。」

「客人，你果然很愛蘿莉吧？」

「囉嗦，高潮到死吧！」

「啊嗚嗚嗚嗚嗚嗚嗚嗚！」

果然後背位腰部容易活動。

他動得很厲害。啪啪地發出聲響。

八千代的小裂縫沒有壞掉，歡欣抵擋，非常興奮。早已不是什麼業務服務，為了自己享樂而全身火熱。

「啊嗯唔唔，要去，要去了……！」

強烈的三段勒緊襲向史坦克的那話兒。

匍匐在地的幼兒體型身上，火焰激烈地纏繞。

「…………！」

史坦克已經發不出聲音。

連用來發聲的力氣都灌注在胯下，解放了最後的莫大喜悅。

咻咻～！咻嚕嚕，咻咕咻咕！咻～！

明明已經射了很多，卻還大量地射精。

連同靈魂都完全脫離的射出感，使他苦悶地扭動身子。

而八千代也一樣。

「喔嗯，嗯嗯嗚嗚嗚嗚！好多熱熱的，甘露，甘露……！」

櫻色頭髮的座敷童子在肉體愉悅的頂點狂喜，彷彿酩酊大醉。她纖細的身體渾身大汗，把男汁吸得一滴也不剩。

她小小的腹部鼓起膨脹，射出仍持續著。

「啊啊……好舒服……」

終於報復完成了。史坦克腦中一片空白，身體的力氣洩盡。

他忽然倒向前方。

（啊，糟了……）

那是從頭衝進火焰的角度。

但是，他倒下時並未感受到灼熱感。

八千代不知何時變換姿勢，她仰躺著緊抱史坦克不放。

「好乖，你很努力，很努力呢。」

直到剛才的淫亂模樣就像是假的，她露出從容的笑容。撫摸頭髮的手部動作溫柔得令人銷魂。也讓人想睡。

「年輕男人精力充沛地用這個身體玩樂，我喜歡得不得了……精疲力盡的年輕男人像幼兒般睡覺，更是我喜歡的……」

耳語宛如搖籃曲般使史坦克意識朦朧。

「醒來後洗個澡吧然後吃頓飯。這是『睡夢托邦』復活紀念的特別服務，要持續幾天呢？體感時間一年左右我倒是沒關係……」

糟糕。

這種舒適無微不至的服務很危險。

要是疏忽大意或許沒辦法離開。

（可以理解魔王為何警戒……）

警戒心被睡意覆蓋。

療癒的魔力侵襲史坦克。

就寢的時刻來到，小事情都無所謂了。

# REVIEW

## 睡夢托邦

### ◇人類 史坦克 9

雖然對象是老闆娘座敷童子，可是色情不過是服務的一環。枕著大腿挖耳朵、陪睡、甚至附有親手做的料理，真是療癒的全套服務！我回想起小時候被奶奶疼愛的記憶。因為解開封印紀念而接受了幾天追加費用免費的服務，不過如果是正常營業的話……這點令人打寒顫呢。

### ◇精靈 傑爾 8

妖狐濃厚的魔力和尾巴毛絨絨的感覺，使得身心和魔力的流動全都煥然一新！解開封印紀念的特別住宿服務有非常豐富的服務也令人開心。妖狐小姐那像朋友的距離感也很舒服，能夠放鬆。不過，脫落的毛髮與我的魔力起反應，會附著一段時間無法分開倒是有點那個。也許是魔力的適性問題吧。

### ◇半身人 甘丘 6

泡泡史萊姆的泡泡玩法太舒服了……雖然很舒服，不過中途我和小姐都睡著了，差點就溺死啦！而且停留期間發生了三次同樣的問題，哎呀，因為著迷到想要多來幾次，不過實在是……真希望她們能思考一下安全對策啊～

### ◇天使 可利姆 維兒 7

食夢貘讓我作了很棒的夢。連心底的願望都獲得解放，一切都被接納，悲傷的事也不斷地被沖走……我體驗到脫胎換骨的心情。如果追求精神的解放，十分推薦食夢貘喔。啊，不過回程時還是得通過造成心理創傷的場所……雖然這並非店家的問題就是了。

## 終幕

# 食酒亭

都市傳說確實存在。

「天空盡頭的夢魔店」與「超越時空的召喚女郎」正是「睡夢托邦」。

評鑑一發表，食酒亭比平時多了幾成客人，非常熱鬧。

抄本的銷售情況超級好。也獲得了「廢都的朽木」的調查報酬。

史坦克興高采烈地舉辦有點豪華的慶功宴。

「讓您久等了～吸血主的烤肉串山堆套餐～」

「等好久了！」

梅多莉把大盤料理放在桌子上，史坦克發出歡呼聲。

他大口吃著烤肉串，喝著麥酒吐出溫熱的氣息。

「啊～！果然喝酒就要配肉啊，配肉！你們也來吃啊！」

他向吧檯座位的傑爾和甘丘招手，卻是白費力氣。

兩人害怕地回頭，眼神像是盯著未知的怪物。

「看到你的臉就會想起那個妖怪老太婆……」

「我不想跟你一起吃飯而被當成口味奇特的伙伴……」

離開「睡夢托邦」之後他們一直是這個樣子。

「要介意到什麼時候啊……反倒外表是逼近下限的小不點吧？」

「我說啊，史坦克，你知道極相林嗎？」

「不，我第一次聽到。」

「精靈也稱之為『長老塚』，是指歷經漫長時光植被取得平衡，不再有變化的森林。」

傑爾不符身分地以一本正經的表情說道。

「在那種森林的地面插進硬挺的棒子，流著口水氣喘吁吁地不斷擺腰的輕薄糊塗男性就是你這種人。」

「不，她和地面不一樣，外表很可愛吧！」

「你眼睛瞎了嗎！就算精靈也很少有那種老太婆啊！你們也這麼覺得吧！甘丘！可利姆！」

鄰座的半身人和努力服務的天使，面露沉痛的神色點頭。

「只有腿枕的話，感覺像躺在柔軟的腐葉土上，倒是還不差……當成性愛對象那可是化石啊，化石。就算人類再怎麼愛吃怪東西，也不要把味覺丟到廁所啊……」

「史坦克先生是會裸體跳入太古的休火山的類型呢……」

「在你們眼中是如何呈現的，我反倒開始在意起來了……」

「我跟你說，就那個啊。」

傑爾從吧檯座位移動到史坦克的正對面開始說明。

結果甘丘也靠過來，慶功宴參加者變成三人。

只有可利姆為了補回之前請假的部分正在工作。他屢次被客人叫住，有時會央求他聊聊「睡夢托邦」。

「所有人都很想光顧呢。」

「會指名那個超絕老奶奶的大概只有人類吧。」

「還提啊？」

他們聊得很起勁。追加的麥酒又送上來了。

梅多莉把麥酒杯排好，瞥了可利姆一眼，然後開口說：

「那間店被封印著，所以沒有天使就不能進入吧？」

「封印完全消失嘍。一旦解開就是刑期已滿。」

他們回想起離開「睡夢托邦」那時的事。

四人醒來時，人在連接到「廢都的朽木」屋頂的樓梯下方。

抬頭一看，樓梯上方是「睡夢托邦」的大門。

原本是屋頂的場所出現了全新的最頂層。

「總之『天空盡頭的夢魔店』變成了『高塔最頂層的夢魔店』。是能夠自由往返的普通夢魔店。」

「嗯～這樣啊。」

梅多莉無所謂地如此說道。明明是她自己問的問題。

「所以——」

傑爾向前傾壓低聲音說。

「剛才我聽賽坦說，他在承接委託的途中發現不錯的店。」

「是啊，聽說矮人的地底街有個好地方。」

「喔～」

胯下的指南針有反應了。

天空的下一站是地底，或許也滿有趣的。

「你們才剛回來又馬上要去？稍微當個正經的人吧。」

「我們從大白天就在喝酒耶。」

「是啊……各位都是純粹的廢人。」

梅多莉受不了而離去，向她說明也沒用吧。

這場旅途沒有盡頭。

因為這是男人的浪漫故事。

跟隨胯下的指南針度過許多試煉的冒險譚。

獲得的不只是快樂。有時也會落空。甚至會受傷。不想再嘗試ＮＴＲ。唯有那個，真的饒了我吧。

那種心理創傷現在也痊癒了。
藉由「睡夢托邦」熱情的服務受到療癒。
雖是無法忘懷的優良店，但滿足感不過是一時的。
指南針隨時都在追求全新的浪漫而變得硬梆梆。
只要有愛與希望，男人的探究心就永無止盡。

「好！先睡一覺再出發！」
「這次你打算瞄準哪種極相林？」
「煩死啦！」

男人們的旅行將繼續下去……

amekojirushi, Youta 2017 / KADOKAWA CORPORATION

# 終將成為神話的放學後戰爭 1~7 待續

Kadokawa Fantastic Novels

作者：なめこ印　插畫：よう太

## 與七大神話的戰鬥邁向新次元，「諸神黃昏篇」開幕！

第三次神話代理戰爭終結了。但是為了找回妹妹天華真正的笑容，雷火的戰鬥還沒有結束。凱特爾神話的阿麗安蘿德提出警告，表示眾神將發動襲擊。「神界」、「聖餐管理機構」，還有雷火的老巢「教會」，三大勢力此刻齊聚一堂！

各 NT$200~250/HK$67~82

©2018 Rui Tsukiyo, Siokonbu / KADOKAWA CORPORATION

# 回復術士的重啟人生 1~4 待續

Kadokawa Fantastic Novels

作者：月夜涙　插畫：しおこんぶ

**凱亞爾葛以純愛為目標攻陷夏娃？**
**燃起復仇之火的回復術士持續進擊！**

凱亞爾葛為了得到傳說中的神鳥，一路前往黑翼族的村落。在旅途當中，夏娃漸漸對性事表現出興趣，凱亞爾葛決定對她出手，然而卻意外錯失良機。不僅要得到神鳥，也要把美麗魔王的純潔一併到手。燃起復仇之火的回復術士不會停下進擊的腳步！

各 **NT$220~230 / HK$68~75**

018 Masamune Kuji, Tsukune Taira / KADOKAWA CORPORATION

## 迷幻魔域Ecstas Online 1~5 待續

Kadokawa Fantastic Novels

作者：久慈政宗　插畫：平つくね

**令人大感驚愕的線索**
**所導向的真相代表的究竟是……!?**

　　堂巡將面對由誅殺魔王之劍的密碼所導出的真相。朝霧凜凜子與EXODIA　EXODUS間的關係，以及外頭世界的企圖……問題堆積如山。另一方面，赤上等人朝精靈王國亞爾茲海姆進軍。雫石率領的黑色黎明團認為這是個好機會，意圖拯救2A——!?

各 **NT$220~240/HK$68~75**

©Minoo Asahi 2018 / KADOKAWA CORPORATION

## 嬌羞俏夢魔的得意表情真可愛 1 待續

Kadokawa Fantastic Novels

作者：旭蓑雄　插畫：なたーしゃ

**只敢靠A圖收集性欲的恐男症夢魔繪師與**
**專精二次元的萌圖繪師粉絲之間的暫定戀人關係？**

阿康在同人誌販售會遇見崇拜的繪師夜美。她的真面目竟然是會收集且貪求性欲的夢魔！可是有恐男症的她要達成榨欲基準額就只能靠公布A圖來收集性欲。為了成為獨當一面的夢魔，夜美打算利用「安全牌」阿康，不過阿康卻只對夜美畫的色圖有興趣……？

**NT$200/HK$67**

國家圖書館出版品預行編目資料

異種族風俗娘評鑑指南：心醉神迷的每一天 / 天原原作；葉原鐵作；蘇聖翔譯. -- 初版. -- 臺北市：臺灣角川, 2020.01

面；　公分

譯自：異種族レビュアーズ えくすたしー・でいず

ISBN 978-957-743-505-7(平裝)

861.57　　108019515

Kadokawa
Fantastic
Novels

# 異種族風俗娘評鑑指南 心醉神迷的每一天

（原著名：異種族レビュアーズ　えくすたしー・でいず）

2020年1月31日　初版第1刷發行

作　者：葉原鐵
插　畫：W18
原　作：天原
角色原案：masha
譯　者：蘇聖翔

發行人：岩崎剛人
總經理：楊淑媄
資深總監：許嘉鴻
總編輯：蔡佩芬
主　編：朱哲成
美術設計：黃永漢
印　務：李明修（主任）、張加恩（主任）、張凱棋

發行所：台灣角川股份有限公司
地　址：105台北市光復北路11巷44號5樓
電　話：（02）2747-2433
傳　真：（02）2747-2558
網　址：http://www.kadokawa.com.tw
劃撥帳戶：台灣角川股份有限公司
劃撥帳號：19487412
法律顧問：有澤法律事務所
製　版：尚騰印刷事業有限公司
ISBN：978-957-743-505-7

※版權所有，未經許可，不許轉載。
※本書如有破損、裝訂錯誤，請持購買憑證回原購買處或連同憑證寄回出版社更換。

ISHUZOKU REVIEWERS　EKUSUTASHI・DEIZU
©Tetsu Habara, AMAHARA, MASHA, W18 2018
First published in Japan in 2018 by KADOKAWA CORPORATION, Tokyo.
Complex Chinese translation rights arranged with KADOKAWA CORPORATION, Tokyo.